9 courtes pièces

Dossier réalisé par
Nicolas Saulais

Lecture d'image par
Sophie Barthélémy

folioplus
classiques

Nicolas Saulais, certifié de lettres modernes, est professeur de français au collège La Bruyère Sainte-Isabelle à Paris où il crée des pièces pour ses élèves. Passionné de cinéma, il est l'auteur d'un court-métrage, *À la bonne école* (2006). Chez Nathan, dans la collection des « Carrés Classiques », il a publié trois ouvrages sur les contes, *La Belle et la Bête*, *Trois contes sur la curiosité* et *Quatre contes de sorcières*. Dans la collection « Folioplus classiques », il a composé le dossier des *Exercices de style* de Raymond Queneau avant de se consacrer à *Sa Majesté des mouches* de William Golding dans la collection « Classicocollège », éditée chez Belin-Gallimard.

Conservateur au musée des Beaux-Arts de Quimper de 1991 à 2000, **Sophie Barthélémy** est depuis janvier 2001 en poste au musée des Beaux-Arts de Dijon où elle s'occupe des collections de peintures du XIXe siècle et de l'art contemporain. Responsable du service éducatif du musée des Beaux-Arts de Quimper et, actuellement, référent scientifique pour l'action culturelle du département des publics au musée de Dijon, elle a assuré de nombreuses formations d'histoire de l'art à destination du corps enseignant et participé à la conception ainsi qu'à l'écriture de plusieurs publications pédagogiques.

© *Éditions Gallimard, 1949, 1955, 1960 et 1970 pour les pièces de Jean Tardieu, 2009 pour la lecture d'image et le dossier.*

Sommaire

9 courtes pièces	5
Du rire à l'inquiétude	7
Le Sacre de la nuit	9
Oswald et Zénaïde	15
Un geste pour un autre	25
Finissez vos phrases !	41
Un mot pour un autre	49
La Mort et le Médecin	61
De quoi s'agit-il ?	75
Le Guichet	87
L'Épouvantail	109
Dossier	
Du tableau au texte	
Analyse du *Couple en dentelle* de Max Ernst (1923)	121
Le texte en perspective	
Vie littéraire : *Le théâtre après la Seconde Guerre mondiale*	135
L'écrivain à sa table de travail : *Un besoin de rire avec les mots*	146
Groupement de textes thématique : *Le théâtre de l'absurde*	160
Groupement de textes stylistique : *L'art du discours*	171
Chronologie : Jean Tardieu et son temps	176
Éléments pour une fiche de lecture	186

9 courtes pièces

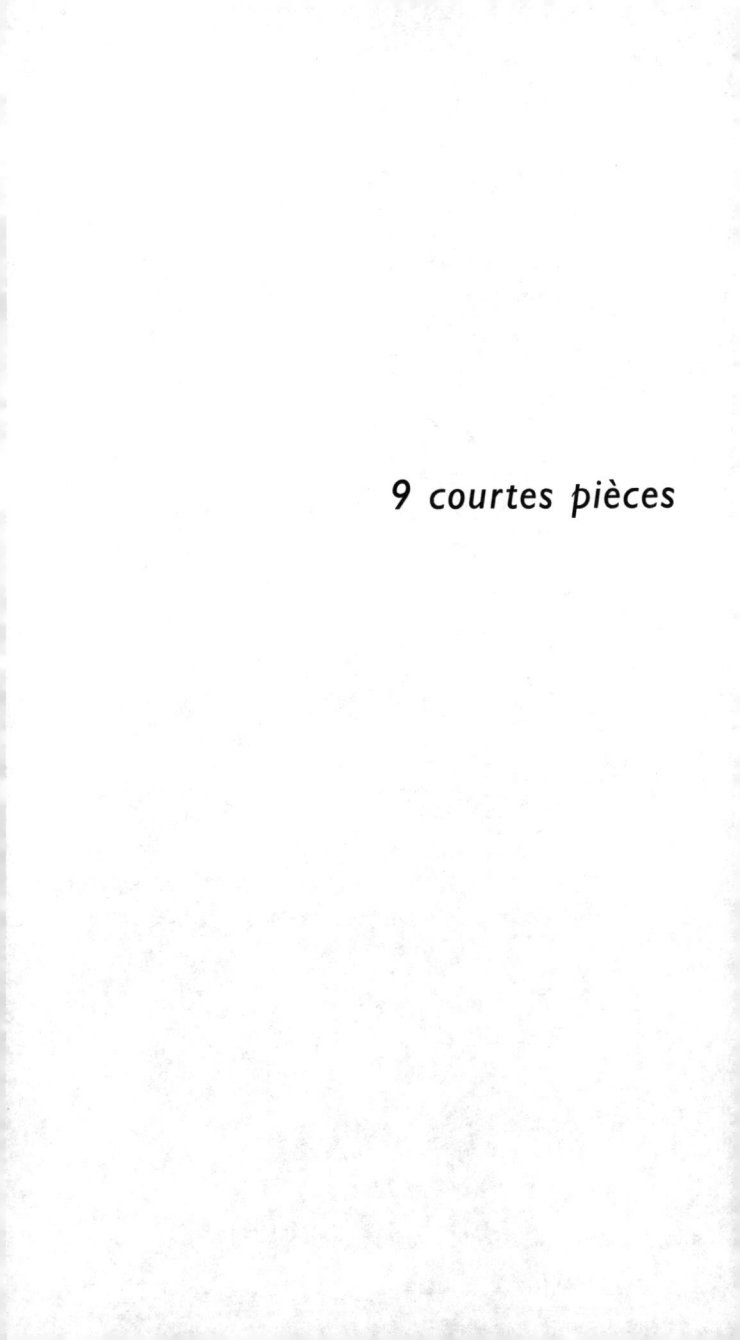

Du rire à l'inquiétude

Selon Jean Tardieu, l'existence présente sa part d'ombre et de lumière. Son œuvre reflète cette dualité et notre sélection présente un éventail des différentes tonalités de ses pièces. S'il vaut mieux «en rire qu'en pleurer», comme le dit l'adage, la vie présente des mystères qu'il convient d'explorer. C'est en réinventant le langage, en créant des situations loufoques et des personnages symboliques que l'écrivain s'illustre. Découvrons un paysage riche et surprenant aux climats contrastés. Quel temps fait-il, d'ailleurs? D'abord ensoleillé, éclatant, chaud; puis nuageux, orageux et glacial. Mais les éclaircies s'imposent, évidentes et insolentes.

Suivons l'élégance d'un auteur discret qui habille d'humour son désespoir, et maquille son rire étincelant de quelques couleurs sombres. Comprendre ce clair-obscur, c'est adopter Tardieu.

Le Sacre de la nuit

PERSONNAGES

L'HOMME, *personnage assis.*
LA FEMME, *personnage debout.*
        Tous deux sont jeunes.

La scène représente une pièce vide, plongée dans l'obscurité.
Au premier plan à droite, un homme est assis. Il est éclairé par la lumière bleue d'un projecteur. Au fond à gauche, une grande fenêtre ouverte sur la lueur blanchâtre d'un ciel nocturne plein d'étoiles. Auprès de cette fenêtre, la main posée sur le rebord, une femme jeune et très belle se tient debout. Sa silhouette est dessinée par le reflet de la nuit lumineuse.

Les deux protagonistes parlent sur le ton d'un ravissement[1] *continuel, allant jusqu'au délire.*

Ils ne bougeront pas de leur place jusqu'à la fin. L'Homme parle face au public, mais s'adresse à la Jeune Femme. Celle-ci lui répond en décrivant ce qu'elle voit au-dehors.

---

1. Enchantement, joie extrême.

L'HOMME : Allez à la fenêtre, ma beauté, mon amour — et dites ce que vous voyez.

LA FEMME : J'aperçois une étoile dans le ciel.

L'HOMME : Ne voyez-vous vraiment qu'une seule étoile ?

LA FEMME : J'en vois une autre maintenant... Et même plusieurs... Et même une multitude !

L'HOMME : Ne voyez-vous rien d'autre sous le ciel ?

LA FEMME : Rien d'autre, mon ami.

L'HOMME : Pas même un pauvre nuage ?

LA FEMME : Pas même un pauvre nuage.

L'HOMME : Pas même un malin[1] petit esprit, moitié homme, moitié chauve-souris ?

LA FEMME : Pas même un malin petit esprit.

L'HOMME : Ne voyez-vous rien sur la terre ?

LA FEMME : Je vois des nappes de clarté, sur les arbres des fils d'argent, l'eau qui luit entre les branches, les toits qui scintillent, la route qui va.

L'HOMME : Et pas même, dans tout ceci, des fourgons[2] masqués, ni des troupes en marche, ni des bêtes cornues dressées sur leurs jambes d'hommes ?

LA FEMME : Rien de tout cela, mon ami : ni fourgons, ni troupes, ni bêtes cornues.

L'HOMME : Alors, que la paix soit au monde ! Alors, aimez-moi comme cette lumière aime cette campagne !

LA FEMME : Je vous aime ainsi, mon amour.

L'HOMME : Remontez vers le ciel ! Donnez-moi sa clarté dans votre voix, dans vos paroles.

LA FEMME : J'entends, il me semble... il me semble entendre...

---

1. Qui peut causer du tort, rusé.
2. Véhicule militaire servant pour le transport des vivres, des munitions, du matériel, etc.

L'HOMME : Qu'entendez-vous ?

LA FEMME : J'entends le froissement léger de l'herbe des étoiles, le vol de la vapeur de l'eau, le souffle retenu de l'air.

L'HOMME : J'entends ton regard dans ta voix. Je n'ai pas besoin de me retourner ni de regarder. Cette fenêtre t'appartient. Par toi je sais ce qui se passe au-dehors.

LA FEMME : Il n'y a rien d'autre que le temps. L'espace le contient et l'endort. Je te les donne à pleines brassées.

L'HOMME : C'est à nous de veiller, de veiller sans relâche et sans peur. C'est à nous d'héberger cette nuit suspendue à nos lèvres. Ouvre encore une fois les yeux pour moi, mon amour.

LA FEMME : J'ouvre les yeux pour que tu voies.

L'HOMME : Élève ton regard, mon amour !

LA FEMME : J'élève mon regard aussi loin qu'il peut aller.

L'HOMME : Il va plus loin que lui-même. Il va beaucoup plus loin que toi. Il va même plus loin que ta pensée, ou que tes songes si tu dors.

LA FEMME : Je ne dors pas, je veille à tes côtés.

L'HOMME : Tu veilles par amour et ton regard atteint ce que tu ne peux connaître, puisqu'il plonge dans cette nuit.

LA FEMME : Je sens comme un immense bien-être, dans mes yeux, sur mon front, puis dans tout mon corps.

L'HOMME : C'est la nuit de l'espace qui se mélange à ton regard.

LA FEMME : Mon cœur résonne d'une joie inconnue, haute et profonde comme une voûte.

L'HOMME : C'est l'espace éternel qui descend dans ton esprit et ouvre toutes ses fenêtres.

LA FEMME : Ma bouche ne peut plus parler. Mon âme chante.

L'HOMME : C'est le SACRE[1] ! *(Un silence. Reprenant à voix plus basse.)* Les démons et les dieux sont en fuite. Tu as fait alliance avec l'espace nocturne, tu es entrée en communion avec l'innocence du monde. Réjouis-toi dans ce bain de lumière, de miel et de fraîcheur. Renais, blanche et parée[2] pour l'amour, portée sur les ailes du temps immobile, légère dans ma nuit qui t'adore. Viens !

> *L'Homme se lève. La Femme et lui s'avancent lentement l'un vers l'autre. Arrivés au milieu de la scène, ils se prennent la main et s'en vont lentement vers la droite.*

LA FEMME : Je t'accompagne sur la route sans fin.
L'HOMME : Quand viendra le jour, à notre rencontre, souviens-toi que la nuit nous a donné le secret !

> *Ils disparaissent.*

RIDEAU

---

1. Consécration, célébration d'une personne ou d'une chose jugée exceptionnelle.
2. Vêtue avec élégance.

Oswald et Zénaïde
ou
Les Apartés

PERSONNAGES

OSWALD, *vingt ans, fiancé de Zénaïde.*
ZÉNAÏDE, *vingt ans, fiancée d'Oswald.*
MONSIEUR POMMÉCHON, *soixante ans, père de Zénaïde.*
LE PRÉSENTATEUR.

LE PRÉSENTATEUR, *devant le rideau fermé* : Exagérant à dessein[1] un procédé théâtral autrefois en usage, cette petite pièce a pour objet d'établir un contraste comique entre la pauvreté des répliques échangées « à haute voix » et l'abondance des « apartés[2] ».

Le Présentateur se retire. Le rideau s'ouvre. La scène est dans un salon bourgeois à la campagne, vers 1830. Au lever du rideau,

---

1. Volontairement.
2. Procédé théâtral : un personnage pense à voix haute, éclairant ainsi exclusivement le public sur une situation donnée. Il ne s'adresse pas aux autres personnages.

Oswald et Zénaïde

Zénaïde est seule. Elle rêve tristement en arrangeant un bouquet dans un vase. On frappe à la porte à droite.

ZÉNAÏDE, *haut* : Qui est là? *(À part.)* Pourvu que ce ne soit pas Oswald, mon fiancé! Je n'ai pas mis la robe qu'il préfère! Et d'ailleurs, à quoi bon? Après tout ce qui s'est passé!

LA VOIX D'OSWALD, *au-dehors* : C'est moi, Oswald!

ZÉNAÏDE, *à part* : Hélas, c'est lui, c'est bien Oswald! *(Haut.)* Entrez, Oswald! *(À part.)* Voilà bien ma chance! Que pourrai-je lui dire? Jamais je n'aurai le courage de lui apprendre la triste vérité!

Entre Oswald. Il reste un moment sur le seuil et contemple Zénaïde avec émotion.

OSWALD, *haut* : Vous, vous, Zénaïde! *(À part.)* Que lui dire de plus? Elle est si confiante, si insouciante! Jamais je n'aurai la cruauté de lui avouer la grave décision qui vient d'être prise à son insu[1]!

ZÉNAÏDE, *allant vers lui et lui donnant sa main à baiser; haut* :

Bonjour, Oswald! *(À part, tandis qu'Oswald agenouillé lui baise la main avec transport[2].)* Se peut-il que tout soit fini! Ah! tandis qu'il presse ma main sur ses lèvres, mon Dieu, ne prolongez pas mon supplice et faites que cette minute, qui me paraît un siècle, passe plus vite que l'alcyon[3] sur la mer écumante!

OSWALD, *se relevant, tandis que Zénaïde retire gracieuse-*

---

1. Sans qu'elle le sache.
2. Avec passion.
3. Dans la mythologie, oiseau de mer fabuleux, au chant plaintif, signe d'heureux présage pour les Grecs, car il ne construit son nid que sur une mer calme.

ment sa main; haut, avec profondeur : Bonjour, Zénaïde ! *(À part.)* Ah ! ce geste gracieux et spontané, plus éloquent[1] que le plus long discours ! J'ai toujours aimé le silence qu'elle répand autour d'elle : il est comme animé de paroles mystérieuses que l'oreille n'entendrait pas, mais que l'âme comprendrait.

ZÉNAÏDE, *haut, avec douceur* : Asseyez-vous, Oswald ! *(À part.)* Il se tait, le malheureux ! Je crois entendre son cœur battre à coups précipités, sur le même rythme que le mien. Pourtant, il ne sait rien sans doute et croit encore à notre union !

Elle s'assied.

OSWALD, *s'asseyant à quelque distance* : Merci, Zénaïde ! *(À part.)* Cette chaise était sûrement préparée pour moi. La pauvre enfant m'attendait et ne pouvait prévoir le motif de ma visite !

On entend sonner 5 heures au clocher du village.

ZÉNAÏDE, *haut, avec mélancolie*[2] : Cinq heures ! *(À part.)* Mais il fait déjà nuit dans mon cœur !

OSWALD, *haut, sur un ton qui veut paraître dégagé*[3] : Eh oui, 5 heures ! *(À part.)* Pour moi, c'est l'aube des condamnés !

ZÉNAÏDE, *haut* : Il fait encore jour ! *(À part, d'un air stupide, comme récitant un exemple de grammaire.)* Mais les volubilis[4] ferment leurs corolles[5], ma grand-mère préfère les pois de senteur et le jardinier a rangé ses outils.

---

1. Parlant.
2. Tristesse un peu douce.
3. Détendu.
4. Plantes grimpantes.
5. Ensemble des pétales d'une fleur.

Oswald et Zénaïde

OSWALD, *haut, avec un soupir* : C'est le printemps, Zénaïde ! *(À part, d'un air sombre et presque délirant.)* Aux Antipodes[1], c'est l'hiver ! Au Congo, les Lapons s'assemblent sur la banquise ; en Chine, les Bavarois vont boire de la bière dans les tavernes ; au Canada, les Espagnols dansent la séguedille[2].

ZÉNAÏDE, *haut avec un nouveau soupir* : Oui, il fait jour ! *(À part, avec égarement.)* Ce silence m'accable ! La canne de mon oncle avait un pommeau[3] d'or, la marquise sortit à 5 heures : ma raison s'égare ! Dois-je tout lui dire ? Ou bien jeter mon bonnet par-dessus les moulins ?

OSWALD, *haut, avec tendresse* : Il fait jour ! Vous l'avez déjà dit, Zénaïde ! *(À part, avec véhémence.)* Me voici brutal, à présent ! Feu et diable, sang et enfer ! Les sorcières vont au sabbat[4], la lune court dans les ajoncs[5] !... Allons, du calme, du calme ! Je ferais mieux de lui révéler ce secret qui m'étouffe !

ZÉNAÏDE, *à part* : Je n'en puis plus !

OSWALD, *à part* : C'est intolérable !

ZÉNAÏDE, *à part* : Je meurs !

OSWALD, *à part* : Je deviens fou !

ZÉNAÏDE et OSWALD, *à part et ensemble, au comble du désespoir* : Hélas ! ma fa-mille ne veut pas de no-tre mariage !

Un long silence. On entend sonner 6 heures.

ZÉNAÏDE, *haut* : Vous disiez ?

---

1. À un point diamétralement opposé à un autre de la surface de la planète.
2. Danse populaire andalouse.
3. Boule servant de poignée située à l'extrémité d'une canne ou d'un parapluie.
4. Réunion nocturne de sorcières.
5. Arbustes épineux.

OSWALD, *haut* : Moi ? Rien !

ZÉNAÏDE, *haut* : Ah ! bon ! Je croyais...

OSWALD, *haut* : C'est-à-dire...

ZÉNAÏDE, *haut* : Quoi donc ?

OSWALD, *haut* : Oh ! peu de chose !

ZÉNAÏDE, *haut* : Mais encore ?

OSWALD, *haut* : Presque rien !

ZÉNAÏDE, *haut* : Vraiment ?

OSWALD, *haut* : Oui, vraiment ! D'ailleurs je vous écrirai ! *(À part.)* Puisse ma lettre ne jamais parvenir à destination et féconder le gouffre de l'oubli, cependant que j'irai, dans les sables d'Australie, à la recherche d'un trésor moins précieux que celui que je perds !...

ZÉNAÏDE, *haut* : Peut-être répondrai-je ! *(À part.)* Ce sera la dernière lettre que j'aurai adressée au monde avant d'ensevelir dans un couvent ma jeunesse désespérée !

OSWALD, *avec émotion* : Au revoir, Zénaïde ! *(À part.)* Le boulanger pétrit sa pâte, l'écuyère monte à cheval, le navigateur fait le point, les cheminées fument, le soleil luit, mais moi, je dois dire adieu à la jeune fille que j'aime !

ZÉNAÏDE, *haut, des larmes dans la voix* : Au revoir, Oswald ! *(À part.)* Je ne sais plus quoi penser, je ne sais plus que dire, je suis comme la feuille d'automne qui tombe sur un étang à minuit !

> *À ce moment, la porte s'ouvre brusquement. Entre un bourgeois ventripotent[1], cossu[2] et jovial. C'est Monsieur Pomméchon.*

MONSIEUR POMMÉCHON : Eh bien ! mes enfants ! Ah ! Je vous y prends, ah ! je vous y prends !

---

1. Qui a un gros ventre.
2. Riche.

ZÉNAÏDE, *à part, avec effroi* : Ciel, mon père!

OSWALD, *à part* : Celui qui aurait pu devenir mon beau-père!

MONSIEUR POMMÉCHON : Allons! allons! Remettez-vous! Je ne vais pas vous manger, que diable[1]! À votre âge et à votre place, il y aurait longtemps que... je me serais embrassé!

ZÉNAÏDE et OSWALD, *haut et ensemble* : Mais, que signifie?...

MONSIEUR POMMÉCHON : Cela signifie, mes petits poulets, cela signifie, mes petits lapins, que vous avez été les jouets d'une affectueuse mystification[2]! Cela signifie que je viens pour tout arranger. De la part de ta mère, ma chère Zénaïde, de la part de ton père, mon cher Oswald. Nous avions décidé de mettre vos sentiments à l'épreuve. Lorsque vous avez cru que tout était perdu, votre chagrin nous a prouvé que votre mutuel[3] penchant n'était pas de ces feux de paille, de ces entraînements d'un jour, de ces... de ces... choses qui ne durent pas et qui... Mais vous ne dites rien? Sac à papier[4]! On dirait que vous voilà frappés de stupeur!

ZÉNAÏDE, *à part* : Ô Dieu! Un pareil bonheur est-il possible?

OSWALD, *à part* : Béni soit le jour où la grand-mère de ma fiancée donna naissance à mon beau-père!

MONSIEUR POMMÉCHON : Bon! bon! Je vois que votre émotion vous coupe le souffle. Sac à papier! À votre âge et à votre place, je me serais déjà sauté au cou! Enfin, bref, je n'insiste pas, je vous laisse à votre joie.

---

1. Expression qui marque une affirmation (vieilli).
2. Farce.
3. Réciproque, partagé.
4. Expression fantaisiste pour marquer l'étonnement.

Nous parlerons demain de la noce... si du moins vous avez recouvré[1] l'usage de la parole. Allons, au revoir, mes petites carpes, au revoir, mes petits colibris ! Ah ! sac à papier, sac à papier !

> *Il tapote la joue de Zénaïde, donne une bourrade amicale à Oswald et part en riant. Un silence. Zénaïde et Oswald restent debout côte à côte, puis :*

OSWALD, *haut, avec feu* : O Primavera ! Gioventù dell'anno ! O Gioventù ! Primavera della vita[2] !

ZÉNAÏDE, *à part* : Quel bizarre langage ! Je ne comprends pas ce qu'il dit, mais un accent de mâle gaieté résonne dans ses paroles ! *(Haut.)* Oh ! who is me to have seen what I have seen, to see what I see[3] !

OSWALD, *à part* : Que dit-elle ? Quelle est cette langue inconnue ? O musique de la voix bien-aimée ! Sa mélodie fait vibrer notre âme, alors même que nous ne comprenons pas ses paroles. *(Haut.)* Il est 5 heures, Zénaïde !

ZÉNAÏDE, *à part* : Le voilà qui se trompe encore d'heure, mais je dois apprendre à ne pas contredire mon époux. *(Haut.)* Eh oui, déjà le soir, Oswald !

OSWALD, *à part* : Parbleu[4] non, il fait encore grand jour, mais il ne faut jamais contrarier les femmes ! *(Haut.)* Vous voilà donc à moi, cher ange ?

ZÉNAÏDE, *à part* : Encore une erreur, c'est lui qui est à moi, mais peu importe ! *(Haut.)* Eh oui, nous voilà enfin à nous, vous et moi !

---

1. Retrouvé.
2. Ô Printemps ! Jeunesse de l'année ! Ô jeunesse ! Printemps de la vie !
3. Qui suis-je, pour avoir vu ce que j'ai vu et voir ce que je vois !
4. Expression marquant une évidence (vieilli).

OSWALD, *à part* : À nous, elle a dit à nous ! Elle est à moi, moi à elle, nous à nous. *(Haut.)* Pour toujours ?

ZÉNAÏDE, *à part* : À jamais ! *(Haut)* À la vie ?

OSWALD, *à part* : À la mort.

RIDEAU

*Un geste
pour un autre*

PERSONNAGES

L'AMIRAL SÉPULCRE
MADAME DE SAINT-ICI-BAS
MONSIEUR ET MADAME GRABUGE
LA BARONNE LAMPROIE
MADEMOISELLE CARGAISON
MONSIEUR SUREAU
CÉSAR, *valet de chambre.*

La scène se passe au temps des romans de Jules Verne. L'Amiral ressemble au capitaine Grant : tenue d'officier de marine de 1860, favoris [1], *redingote* [2], *haute casquette, lorgnette* [3] *en bandoulière, etc.*

---

1. Touffe de barbe que l'on laisse pousser le long des joues, formant de longues pattes.
2. Veste ajustée à la taille qui se prolonge en deux morceaux d'étoffe appelés basques, lesquelles descendent en dessous de la taille.
3. Petite jumelle utilisée pour le spectacle.

L'AMIRAL SÉPULCRE, *tête nue, s'avançant devant le rideau* : Lorsque nous abordâmes dans l'archipel Sans-Nom (ainsi nommé parce que nul navigateur n'avait réussi à le découvrir), nous nous trouvâmes, à notre vive surprise, en présence d'une civilisation fort avancée : des villes toutes neuves (grâce à de fréquents bombardements), des citoyens libres (grâce à une police omniprésente [1]), des mœurs [2] pacifiques (défendues par une milice armée [3] jusqu'aux dents), un gouvernement solidement établi sur l'instabilité des opinions — bref, toutes les conquêtes du progrès !

Cependant, mise à part cette ressemblance essentielle avec la vie de nos Sociétés, tout dans les mœurs de ce pays nous déconcertait [4] grandement. Il semblait qu'un malin génie se fût amusé à faire de nos propres coutumes une absurde salade, en amenant les citoyens à prendre une attitude pour une autre, un geste pour un autre...

Nous fûmes d'abord vivement surpris de ces usages, puis, peu à peu, aidés par la bonne grâce [5] de nos hôtes, nous nous y habituâmes, au point que, pour ma part, je pris du service dans la marine du pays où je parvins au grade d'amiral et demeurai plus de vingt ans.

De retour dans ma patrie d'origine, je ne comprends plus très bien pourquoi les gens de chez nous se serrent la main lorsqu'ils se rencontrent, enlèvent leur chapeau lorsqu'ils franchissent une porte, s'assemblent pour manger, prennent plaisir à faire de la fumée ou se frottent les uns contre les autres au son de la musique...

Nous avons reconstitué pour vous une réception dans

---

1. Présente en tous lieux.
2. Ensemble des comportements humains considérés selon des modèles de conduite.
3. Troupe armée.
4. Troublait, surprenait.
5. Amabilité.

un des salons les plus distingués de l'archipel Sans-Nom... Quelques jours auparavant, nous avions reçu un carton ainsi libellé[1] : « Madame de Saint-Ici-Bas vous prie d'assister à la soirée qu'elle donnera dans ses salons le quinze mai, à dix-huit heures... On toussera. »

> *L'Amiral salue et disparaît. Le rideau s'ouvre sur un salon luxueux dont l'ameublement toutefois ne présente rien de surprenant, si ce n'est qu'il y a beaucoup de tables et point de sièges, et qu'à droite, près de la porte d'entrée, se dresse une étagère supportant des chapeaux de toutes sortes.*
>
> *Devant l'étagère, César, valet de chambre, en habit et ganté de blanc, se tient debout et attend.*

MADAME DE SAINT-ICI-BAS, *entrant par la gauche. Elle marche pieds nus* : César ! Tout est-il prêt ?

CÉSAR : Oui, Madame... Je crois, Madame, que voici les invités de Madame.

> *Madame de Saint-Ici-Bas va s'asseoir sur une table. La porte s'ouvre. Entre l'Amiral Sépulcre, vieillard plein de distinction. César prend sur l'étagère un bicorne[2] à plumes et le lui donne. L'Amiral retire ses escarpins[3] et les donne à César, qui les range sur une étagère.*

CÉSAR, *annonçant* : L'Amiral Sépulcre !

---

1. Rédigé.
2. Chapeau à deux pointes dont se coiffent les académiciens, polytechniciens ou autres membres de corps de métiers prestigieux.
3. Chaussures légères, assez fines et basses.

L'AMIRAL, *s'avançant, le bicorne à la main, vers Madame de Saint-Ici-Bas et lui baisant respectueusement le pied droit* : Madame, je suis charmé.

MADAME DE SAINT-ICI-BAS : Vous êtes le premier, Amiral. Couvrez-vous, je vous prie.

L'AMIRAL, *se couvrant du bicorne avec gravité* : Madame, puisque j'ai l'honneur d'être seul avec vous, permettez-moi de retirer mes chaussettes, et de vous en faire l'hommage.

Il retire avec difficulté ses chaussettes et les offre à Madame de Saint-Ici-Bas.

MADAME DE SAINT-ICI-BAS, *prenant les chaussettes avec un sourire ravi et les posant sur la table* : Rien ne pouvait me faire plus de plaisir, Amiral ! Le précieux souvenir figurera en bonne place dans ma collection.

Arrivent Monsieur et Madame Grabuge. Ils retirent leurs chaussures, les donnent à César, qui les range sur l'étagère. Puis César donne une couronne de lauriers en papier à Monsieur Grabuge et un voile à Madame Grabuge.

CÉSAR, *annonçant* : Monsieur et Madame Grabuge !

MADAME DE SAINT-ICI-BAS, *sautant de la table avec grâce et allant à leur rencontre* : Comme c'est aimable à vous d'être venus ! Couvrez-vous, je vous en prie !

Monsieur et Madame Grabuge se couvrent. Madame Grabuge va s'asseoir sur une table.

MADAME DE SAINT-ICI-BAS, *faisant les présentations* : Monsieur Grabuge, notre poète national... L'Amiral Sépulcre.

L'AMIRAL ET MONSIEUR GRABUGE, *allant l'un vers l'autre et se serrant mutuellement le bout du nez* : Enchanté, Monsieur!... Très honoré, Amiral!

MADAME DE SAINT-ICI-BAS, *conduisant l'Amiral vers Madame Grabuge* : L'Amiral Sépulcre, Madame Grabuge.

L'AMIRAL, *sur le ton d'un compliment, après avoir baisé respectueusement le pied droit de Madame Grabuge* : J'ai beaucoup entendu parler de vous, Madame, au cours de ma dernière campagne[1]. On sait que votre mari n'a aucun talent et que c'est à vous qu'il le doit. C'est le privilège d'une jolie femme de régner ainsi sur le cœur d'un époux, au point de le priver de toute valeur personnelle.

MONSIEUR GRABUGE, *niaisement et en inclinant la tête* : Vous êtes un trop aimable amiral!

MADAME DE SAINT-ICI-BAS : L'Amiral est surtout trop modeste. Il feint[2] d'oublier que lui-même, s'il a réussi à perdre la fameuse bataille du golfe San-Pedro, c'était grâce au charme incomparable de son épouse!

L'AMIRAL, *poussant un soupir* : Il est vrai! Ce fut un heureux temps!

> *La porte s'ouvre à nouveau. Arrivent successivement la Baronne Lamproie, Mademoiselle Cargaison et le jeune Sureau. Même jeu que plus haut. Les invités retirent leurs souliers, César les prend, les range, donne des chapeaux aux messieurs et des voiles aux dames.*
>
> *Pendant ce temps, Monsieur Grabuge sort de sa poche une plume de poulet et chatouille*

---

1. Ensemble d'opérations militaires d'importance lors d'une guerre.
2. Fait semblant.

gravement les narines de sa femme et de l'Amiral, jusqu'à ce que ceux-ci éternuent et disent : « Merci beaucoup. »

CÉSAR, *annonçant* : La Baronne Lamproie !... Mademoiselle Cargaison !... Monsieur Sureau, le jeune !...

MADAME DE SAINT-ICI-BAS, *disant un mot d'accueil aimable à chacun, en leur faisant un pied de nez*[1] : Ma bonne amie... Mes chers voisins Mon cher enfant !... Mes chers amis, veuillez vous couvrir !

Les dames vont s'asseoir sur des tables. Les messieurs leur baisent le pied droit, puis se saluent en se serrant mutuellement le bout du nez. Puis les messieurs se placent debout les uns à côté des autres. César leur distribue des cannes ; ils s'appuient dessus, tantôt de la main droite, tantôt de la main gauche. Madame de Saint-Ici-Bas s'assied sur une table, au centre.

MADAME DE SAINT-ICI-BAS : Mes chers amis, je vous avais promis que nous tousserions, c'est pourquoi j'ai demandé à Monsieur Grabuge de nous lire un de ses plus mauvais poèmes. Mon cher Grabuge, exécutez-vous *(avec esprit)*, ou plutôt, exécutez-nous !

Tout le monde rit avec distinction.

MONSIEUR GRABUGE, *s'avançant de quelques pas et sortant un papier de sa poche* : Voici une ode[2] intitulée : *Ode de Mer*, d'inspiration maritime, comme son nom l'indique : je l'ai écrite un jour où j'étais particulièrement mal disposé[3] : je l'ai donc dédiée à ma femme.

---

1. Allonger, par moquerie, son nez d'un geste de la main.
2. Poème destiné à être chanté ou accompagné de musique.
3. Contrarié.

> *Murmure d'approbation; Madame Grabuge paraît flattée, Mademoiselle Cargaison fait entendre un timide toussotement.*

MADAME DE SAINT-ICI-BAS : Notre amie, Mademoiselle Cargaison, est impatiente de tousser! Bravo, ma chère! Mais prenez patience, dans quelques instants notre poète national vous en donnera l'occasion!

MONSIEUR GRABUGE,
lisant avec emphase [1]

ODE DE MER

Tous mes aïeux ont couru sur la mer
Aussi loin que je remonte dans ma famille
Je retrouve la mer toujours la même mer
La mer salée la mer partout la mer à tous
C'est pourquoi la mer est ma mère
La mer est ma grand-mère
La mer est ma grande sœur
La mer est la sœur de mon oncle
et le frère de ma mère et la mère de mon frère
et la grande sœur de mon grand-père
Tous mes aïeux ont couru sur la mer.

MADAME DE SAINT-ICI-BAS : Dieu, que cela est mauvais! *(Elle tousse.)* C'est absolument mauvais. *(Elle tousse.)* Et comme c'est mal écrit, mal composé, ne trouvez-vous pas?

Elle tousse de plus en plus fort.

LES INVITÉS, *renchérissant* [2] *et toussant à qui mieux mieux* [3] : C'est affreux! Cela n'a aucun sens, c'est stupide.

---

1. Avec exagération, de manière théâtrale.
2. Exagérant dans un même élan.
3. À qui fera mieux que l'autre.

Un geste pour un autre

J'ai rarement entendu un aussi vilain poème ! Oh ! quelle horreur, quelle merveilleuse déception !

Mademoiselle Cargaison a une quinte de toux si violente que tous s'arrêtent de tousser et se penchent vers elle avec admiration, puis la toux redevient générale. Monsieur Sureau, cependant, donne des signes évidents de malaise ; n'y tenant plus, il s'approche discrètement de César, et lui dit, à voix basse, comme s'il avait honte de sa question :

MONSIEUR SUREAU : Dites-moi, mon ami, où se trouve la... salle à manger ?

CÉSAR, *même jeu, désignant la porte de gauche, avec un imperceptible accent de dédain[1], mêlé à de la pitié* : Au fond du couloir, et à gauche, Monsieur !

MONSIEUR SUREAU, *avec angoisse* : Y a-t-il tout ce qu'il faut ?

CÉSAR, *toujours à voix basse, presque méprisant* : Oui, monsieur !

MONSIEUR SUREAU : Merci, mon ami !

Il sort rapidement, mais en s'efforçant de ne pas se faire remarquer. César prend sur l'étagère un récipient de chirurgie en émail, et passe auprès de chaque invité.

CÉSAR, *se penchant cérémonieusement* : Crachez, je vous prie, crachez, je vous prie, merci ! Crachez, je vous prie, crachez, je vous prie, merci bien !

Les invités crachent avec délicatesse dans le récipient.

---

1. Avec mépris et prétention.

MADAME GRABUGE, *se penchant vers sa voisine, la Baronne Lamproie* : C'est une des réceptions les plus merveilleuses auxquelles il m'ait été donné d'assister. Quel style, quelle élégance en tout !

LA BARONNE : En effet, c'est un des salons où l'on tousse et crache le mieux du monde. *(S'adressant à Madame de Saint-Ici-Bas.)* Chère amie, avez-vous assisté au concert de la Société Harmonique ?

MADAME DE SAINT-ICI-BAS : Certes ! Ce fut une soirée inoubliable, quel succès ! Il a été absolument impossible d'entendre quoi que ce soit, tant le public manifestait son admiration !

L'AMIRAL : On n'avait jamais vu chose pareille, depuis ce fameux récital de piano où le pianiste a dû cesser complètement de jouer. Lorsque, éperdu[1] de reconnaissance et d'émotion, ce virtuose[2] incomparable s'est enfui dans la coulisse, l'enthousiasme a pris les proportions du délire : le public a escaladé la scène en un clin d'œil, et a littéralement pulvérisé le piano ; c'était à qui emporterait, en souvenir, une touche d'ivoire, une corde, une pédale. J'ai un ami qui a eu la fierté de rapporter trois touches blanches et deux noires !

MADAME GRABUGE, *avec niaiserie* : C'est la preuve d'une grande passion pour la musique !

> *Monsieur Sureau revient en se tapotant la bouche avec son mouchoir et se glisse discrètement auprès de Mademoiselle Cargaison.*

MADEMOISELLE CARGAISON, *bas à Monsieur Sureau* : Étiez-vous souffrant, jeune homme ?

---

1. Fou.
2. Interprète de grand talent.

MONSIEUR SUREAU, *bas* : Oh! une petite fringale[1], simplement!

> *Mademoiselle Cargaison tousse d'un air gêné.*

MADAME DE SAINT-ICI-BAS, *faisant un signe à César* : César, je vous prie, faites passer le plateau!

> *César passe un plateau couvert de petits sifflets munis de ballons de baudruche[2] dégonflés.*

CÉSAR, *à mi-voix, se penchant respectueusement* : Une baudruche, Madame la Baronne? Une baudruche, Amiral? Une baudruche, monsieur? Une baudruche, mademoiselle?

> *Suivant les cas, les uns répondent : « Oui merci, volontiers », ou « Non merci, je ne souffle pas ». Ceux qui ont accepté se mettent aussitôt à souffler dans le sifflet de manière à gonfler la baudruche, avec autant de naturel que lorsque nous allumons une cigarette.*

LA BARONNE LAMPROIE : Mais vous nous gâtez, chère amie!

L'AMIRAL : Il y a longtemps que je n'avais pas soufflé avec autant de plaisir!

MADAME GRABUGE : Ces baudruches sont délicieuses? Où les trouvez-vous?

MADAME DE SAINT-ICI-BAS : Je les fais venir de la montagne : un petit artisan qui ne travaille que pour nous!

MONSIEUR GRABUGE, *soufflant dans une baudruche qui*

---

1. Faim.
2. Pellicule de caoutchouc. Désigne aussi le ballon lui-même.

gonfle à merveille : Regardez comme celle-ci est belle ! On dirait une baudruche de mariage ou de baptême !

MADAME GRABUGE, *toujours aussi niaise* : C'est une bien grande preuve d'amitié que ces baudruches !

MADAME DE SAINT-ICI-BAS : Vous êtes trop bonne, chère amie ! Hélas, depuis la mort de mon mari, j'ai complètement renoncé à souffler !

LA BARONNE : Pauvre chère amie ! Cela doit vous manquer terriblement ! Comme je vous plains ! Pour moi je ne saurais m'en passer. Je souffle même en voyage !

MONSIEUR GRABUGE, *à Madame de Saint-Ici-Bas* : Permettez-moi au moins de vous plumer !

MADAME DE SAINT-ICI-BAS : Volontiers, cher poète !

MONSIEUR GRABUGE, *sortant de sa poche la même plume qu'au début, s'approche de Madame de Saint-Ici-Bas et lui chatouille les narines, jusqu'à ce qu'elle éternue* : Voici, cela ne vaut certes pas une bonne baudruche !

MADAME DE SAINT-ICI-BAS : Vous avez une plume d'une délicatesse ! Est-ce avec celle-ci que vous écrivez ?

MONSIEUR GRABUGE : Non, ceci est ma plume de cérémonie !

MADAME DE SAINT-ICI-BAS, *après avoir éternué* : Merci !... Et maintenant, si nous faisions un peu de gymnastique !

LA BARONNE, *cessant de souffler* : Voilà une excellente idée ! Oserai-je dire que j'attendais impatiemment cette proposition !

MADAME GRABUGE : C'est une bien grande preuve de santé que la gymnastique !

MADAME DE SAINT-ICI-BAS : Chers amis, veuillez ôter vos coiffures, je vous prie ! Nous commençons à l'instant ! (*Les messieurs retirent leurs chapeaux, les dames retirent leurs voiles, César prend les coiffures et les range sur l'étagère.*) J'es-

Un geste pour un autre

père que notre cher Amiral consentira à[1] diriger les mouvements de notre petite escadre[2] !

L'AMIRAL : Le plus volontiers du monde, chère amie ! César, apportez-moi le gong ! *(César prend sur l'étagère un gong et un maillet et les donne à l'Amiral.)* Mesdames et messieurs, êtes-vous prêts ? Bon ! Alors nous commençons. Une ; deux ; une deux, une deux, pliez les genoux, relevez-vous, le bras droit étendu, le bras gauche, le bras droit, baissez la tête, bien ! Assis ! Debout ! Assis ! Debout ! Assis ! Debout !

Il ponctue ses commandements de coups de gong. On entend dans la coulisse une musique analogue[3] à celle des émissions radiophoniques de culture physique.

MONSIEUR SUREAU, *tout en prenant part à l'exercice commun* : Que pensez-vous... de la situation politique ?

Les Invités répondent d'une voix entrecoupée, tout en continuant leurs exercices.

LA BARONNE, *essoufflée* : Je pense... que le gouvernement... va tomber... ce soir... et sera remplacé par un autre... demain !

MADAME GRABUGE : C'est... une bien grande preuve de gouvernement... que de tomber !

LA BARONNE : Avez-vous lu... le dernier livre... de Motus ?

MONSIEUR GRABUGE : Je pense que c'est un livre qui vient... à point.

---

1. Acceptera de.
2. Unité de combat de l'armée de l'air sous les ordres d'un officier supérieur.
3. Semblable.

MADAME DE SAINT-ICI-BAS : Que voulez-vous dire ?

MONSIEUR GRABUGE : Il vient à point... pour nous faire oublier... les précédents !

MADAME GRABUGE : C'est une bien grande preuve... d'amour pour la littérature... que d'oublier ce qu'on a lu !

L'AMIRAL, *très essoufflé lui-même* : Je crois que la Baronne commence à s'essouffler. Permettez-moi de mettre fin à cette merveilleuse séance qui, hélas ! n'est plus de mon âge !

MADAME GRABUGE : Moi, j'aurais continué ainsi des heures !

MADAME DE SAINT-ICI-BAS : Je serais désolée de vous avoir fatigué, Amiral ! Mais comment concevoir une réception sans gymnastique !

Elle fait un signe à César qui rapporte à chaque invité sa coiffure[1].

LES INVITÉS : C'était exquis et tellement distingué ! On se serait cru à la Cour ! C'est le plus beau jeu de société que l'on ait inventé.

MONSIEUR GRABUGE, *s'adressant à sa femme* : Ma chère amie, il se fait tard ! Je crois qu'il serait temps de mettre notre amie à la porte !

LES INVITÉS : Oui, oui, il est temps ! Nous ne voulons pas abuser ! Cette réception était si réussie ! À la porte ! À la porte ! À la porte !

MADAME DE SAINT-ICI-BAS, *engageante* : C'est entendu, mais avant que je m'en aille, vous accepterez bien, n'est-ce pas, de donner quelque chose ?

LES INVITÉS, *à qui mieux mieux* : Mais bien sûr, ma chère amie ! Mais comment donc ! Mais je vous en prie !

---

1. Tout ce qui sert à couvrir la tête, à la protéger ou à la décorer.

Un geste pour un autre

MADAME DE SAINT-ICI-BAS, *faisant signe à César* : César, veuillez prendre les souvenirs, je vous prie !

CÉSAR, *apportant un plateau vide et s'inclinant devant chaque invité* : Pour la pauvre mère de Madame, pour la pauvre mère de Madame, pour la pauvre mère de Madame !

> *Les Invités déposent sur le plateau, qui*[1] *une montre en or, qui une bague, qui un collier, un stylo, un mouchoir brodé, un billet de banque...*

LA BARONNE, *déposant ses boucles d'oreilles* : Vraiment, comme nous vous remercions, chère amie, de toutes vos charmantes attentions !

L'AMIRAL : Je ne veux pas vous laisser partir, chère amie, sans vous dire combien j'ai été charmé de votre accueil ! Je pense d'ailleurs être l'interprète de tous vos invités, qui se feront un plaisir de dormir ce soir chez vous, pendant que vous serez dehors. Nous souhaitons tous qu'une pluie rafraîchissante vous permette de passer une nuit agréable sur le seuil de votre maison !

MADAME DE SAINT-ICI-BAS, *très touchée* : On ne peut être plus galant ! Merci et à très bientôt !

> *Elle s'éloigne.*

CÉSAR, *prenant sur l'étagère des oreillers et des couvertures et les distribuant* : Oreillers ! Couvertures !... Oreillers ! Couvertures !... Oreillers !... Couvertures !...

> *Les Invités se couchent par terre, en bâillant bruyamment.*

RIDEAU

---

1. Qui, lorsqu'il est ainsi répété, signifie : les uns, les autres, certains, d'autres, etc.

Finissez vos phrases !
ou
Une heureuse rencontre

Comédie

PERSONNAGES

MONSIEUR A, *quelconque. Ni vieux, ni jeune.*
MADAME B, *même genre.*

Monsieur A et Madame B, personnages quelconques, mais pleins d'élan (comme s'ils étaient toujours sur le point de dire quelque chose d'explicite[1]) se rencontrent dans une rue quelconque, devant la terrasse d'un café.

MONSIEUR A, *avec chaleur* : Oh! Chère amie. Quelle chance de vous...

MADAME B, *ravie* : Très heureuse, moi aussi. Très heureuse de... vraiment oui!

MONSIEUR A : Comment allez-vous, depuis que?...

MADAME B, *très naturelle* : Depuis que? Eh! bien! J'ai continué, vous savez, j'ai continué à...

MONSIEUR A : Comme c'est!... Enfin, oui vraiment, je trouve que c'est...

---

1. Clair, évident.

Finissez vos phrases!

MADAME B, *modeste* : Oh, n'exagérons rien ! C'est seulement, c'est uniquement... Je veux dire : ce n'est pas tellement, tellement...

MONSIEUR A : *intrigué, mais sceptique*[1] : Pas tellement, pas tellement, vous croyez ?

MADAME B, *restrictive*[2] : Du moins je le... je, je, je... Enfin !...

MONSIEUR A, *avec admiration* : Oui, je comprends : vous êtes trop, vous, avez trop de...

MADAME B, *toujours modeste, mais flattée* : Mais non, mais non : plutôt pas assez...

MONSIEUR A, *réconfortant* : Taisez-vous donc ! Vous n'allez pas nous... ?

MADAME B, *riant franchement* : Non ! Non ! Je n'irai pas jusque-là !

Un temps très long. Ils se regardent l'un l'autre en souriant.

MONSIEUR A : Mais, au fait ! Puis-je vous demander où vous... ?

MADAME B, *très précise et décidée* : Mais pas de ! Non, non, rien, rien. Je vais jusqu'au, pour aller chercher mon. Puis je reviens à la.

MONSIEUR A, *engageant*[3] *et galant, offrant son bras* : Me permettez-vous de... ?

MADAME B : Mais, bien entendu ! Nous ferons ensemble un bout de.

MONSIEUR A : Parfait, parfait ! Alors, je vous en prie. Veuillez passer par ! Je vous suis. Mais, à cette heure-ci, attention à, attention aux !

---

1. Hésitant, perplexe.
2. Qui apporte des limites.
3. Agréable, aimable.

MADAME B, *acceptant son bras, soudain volubile*[1] : Vous avez bien raison. C'est pourquoi je suis toujours très. Je pense encore à mon pauvre. Il allait, comme ça, sans — ou plutôt avec. Et tout à coup, voilà que ! Ah la la ! Brusquement ! Parfaitement. C'est comme ça que. Oh ! J'y pense, j'y pense ! Lui qui ! Avoir eu tant de ! Et voilà que plus ! Et moi je, moi je, moi je !

MONSIEUR A : Pauvre chère ! Pauvre lui ! Pauvre vous !

MADAME B, *soupirant* : Hélas oui ! Voilà le mot ! C'est cela !

Une voiture passe vivement, en klaxonnant.

MONSIEUR A, *tirant vivement Madame B en arrière* : Attention ! Voilà une !

Autre voiture, en sens inverse. Klaxon.

MADAME B : En voilà une autre !

MONSIEUR A : Que de ! Que de ! Ici pourtant ! On dirait que !

MADAME B : Eh ! Bien ! Quelle chance ! Sans vous, aujourd'hui, je !

MONSIEUR A : Vous êtes trop ! Vous êtes vraiment trop !

Soudain changeant de ton. Presque confidentiel[2].

Mais si vous n'êtes pas, si vous n'avez pas, ou plutôt : si, vous avez, puis-je vous offrir un ?

MADAME B : Volontiers. Ça sera comme une ! Comme de nouveau si...

---

1. Bavarde, loquace.
2. Sur le ton du secret.

MONSIEUR A, *achevant* : Pour ainsi dire. Oui. Tenez, voici justement un. Asseyons-nous !

> *Ils s'assoient à la terrasse du café.*

MONSIEUR A : Tenez, prenez cette... Êtes-vous bien ?

MADAME B : Très bien, merci, je vous.

MONSIEUR A, *appelant* : Garçon !

LE GARÇON, *s'approchant* : Ce sera ?

MONSIEUR A, *à Madame B* : Que désirez-vous, chère... ?

MADAME B, *désignant une affiche d'apéritif* : Là... là : la même chose que... En tout cas, mêmes couleurs que.

LE GARÇON : Bon, compris ! Et pour Monsieur ?

MONSIEUR A : Non, pour moi, plutôt la moitié d'un ! Vous savez !

LE GARÇON : Oui. Un demi ! D'accord ! Tout de suite. Je vous.

> *Exit le garçon*[1]. *Un silence.*

MONSIEUR A, *sur le ton de l'intimité* : Chère ! Si vous saviez comme, depuis longtemps !

MADAME B, *touchée* : Vraiment ? Serait-ce depuis que ?

MONSIEUR A, *étonné* : Oui ! Justement ! Depuis que ! Mais comment pouviez-vous ?

MADAME B, *tendrement* : Oh ! Vous savez ! Je devine que. Surtout quand.

MONSIEUR A, *pressant* : Quand quoi ?

MADAME B, *péremptoire*[2] : Quand quoi ? Eh bien, mais : quand quand.

---

1. Le garçon sort.
2. Catégorique, autoritaire.

MONSIEUR A, *jouant l'incrédule*[1], *mais satisfait* : Est-ce possible ?

MADAME B : Lorsque vous me mieux, vous saurez que je toujours là.

MONSIEUR A : Je vous crois, chère !... *(Après une hésitation, dans un grand élan.)* Je vous crois, parce que je vous !

MADAME B, *jouant l'incrédule* : Oh ! Vous allez me faire ? Vous êtes un grand !...

MONSIEUR A, *laissant libre cours à ses sentiments* : Non ! Non ! C'est vrai ! Je ne puis plus me ! Il y a trop longtemps que ! Ah ! si vous saviez ! C'est comme si je ! C'est comme si toujours je ! Enfin, aujourd'hui, voici que, que vous, que moi, que nous !

MADAME B, *émue* : Ne pas si fort ! Grand, Grand ! On pourrait nous !

MONSIEUR A : Tant pis pour ! Je veux que chacun, je veux que tous ! Tout le monde, oui !

MADAME B, *engageante, avec un doux reproche* : Mais non, pas tout le monde : seulement nous deux !

MONSIEUR A, *avec un petit rire heureux et apaisé* : C'est vrai ? Nous deux ! Comme c'est ! Quel ! Quel !

MADAME B, *faisant chorus*[2] *avec lui* : Tel quel ! Tel quel !

MONSIEUR A : Nous deux, oui oui, mais vous seule, vous seule !

MADAME B : Non non : moi vous, vous moi !

LE GARÇON, *apportant les consommations* : Boum ! Voilà ! Pour Madame !... Pour Monsieur !

MONSIEUR A : Merci... Combien je vous ?

LE GARÇON : Mais c'est écrit sur le, sur le...

---

1. Jouant celui qui ne croit pas une telle parole.
2. Reprenant en chœur.

Finissez vos phrases!

MONSIEUR A : C'est vrai. Voyons!... Bon, bien! Mais je n'ai pas de... Tenez voici un, vous me rendrez de la.

LE GARÇON : Je vais vous en faire. Minute!

Exit le garçon.

MONSIEUR A, *très amoureux* : Chère, chère. Puis-je vous : chérie?

MADAME B : Si tu...

MONSIEUR A, *avec emphase* : Oh! le «si tu»! Ce «si tu»! Mais, si tu quoi?

MADAME B, *dans un chuchotement rieur* : Si tu, chéri!

MONSIEUR A, *avec un emportement juvénile*[1] : Mais alors! N'attendons pas ma! Partons sans! Allons à! Allons au!

MADAME B, *le calmant d'un geste tendre* : Voyons, chéri! Soyez moins! Soyez plus!

LE GARÇON, *revenant et tendant la monnaie* : Voici votre!... Et cinq et quinze qui font un!

MONSIEUR A : Merci. Tenez! Pour vous!

LE GARÇON : Merci.

MONSIEUR A, *lyrique*[2], *perdant son sang-froid* : Chérie, maintenant que! Maintenant que jamais ici plus qu'ailleurs n'importe comment parce que si plus tard, bien qu'aujourd'hui c'est-à-dire, en vous, en nous... *(s'interrompant soudain, sur un ton de sous-entendu galant)*, voulez-vous que par ici?

MADAME B, *consentante, mais baissant les yeux pudiquement* : Si cela vous, moi aussi.

MONSIEUR A : Oh! ma! Oh ma! Oh ma, ma!

---

1. Avec une vivacité enfantine.
2. Poétique, enflammé.

MADAME B : Je vous ! À moi vous ! *(Un temps, puis, dans un souffle.)* À moi tu !

Ils sortent.

RIDEAU

Un mot pour un autre

Comédie en un acte

Afin de mieux répandre ses idées sur la grandeur et la fragilité du langage humain, le Professeur[1] avait écrit pour ses élèves la petite pièce que l'on va lire.

Un court préambule, également composé par le maître, nous dispense de tous commentaires.

(N.D.E.)

Préambule

Vers l'année 1900 — époque étrange entre toutes —, une curieuse épidémie s'abattit sur la population des villes, principalement sur les classes fortunées. Les misérables atteints de ce mal prenaient soudain les mots les uns pour les autres, comme s'ils eussent puisé au hasard les paroles dans un sac.

Le plus curieux est que les malades ne s'apercevaient pas de leur infirmité, qu'ils restaient d'ailleurs sains d'esprit, tout en tenant des propos en apparence incohérents, que, même au plus fort du fléau[2], les conversations mondaines[3] allaient

---

1. Le Professeur Frœppel, double imaginaire de l'auteur.
2. Grand malheur d'origine naturelle ou humaine.
3. Entre individus de la haute société, entre gens du « monde ».

bon train, bref, que le seul organe atteint était : le «vocabulaire».

Ce fait historique — hélas, contesté par quelques savants — appelle les remarques suivantes :

que nous parlons souvent pour ne rien dire,

que si, par chance, nous avons quelque chose à dire, nous pouvons le dire de mille façons différentes,

que les prétendus fous ne sont appelés tels que parce que l'on ne comprend pas leur langage,

que dans le commerce des humains, bien souvent les mouvements du corps, les intonations de la voix et l'expression du visage en disent plus long que les paroles,

et aussi que les mots n'ont, par eux-mêmes, d'autres sens que ceux qu'il nous plaît de leur attribuer.

Car enfin, si nous décidons ensemble que le cri du chien sera nommé hennissement et aboiement celui du cheval, demain nous entendrons tous les chiens hennir et tous les chevaux aboyer.

C'est à l'habileté des comédiens que nous remettons le soin de nous prouver ces quelques vérités, du reste bien connues, dans la petite scène que voici :

PERSONNAGES

MADAME
MADAME DE PERLEMINOUZE
MONSIEUR DE PERLEMINOUZE
LA BONNE (IRMA, *servante de madame*)

Décor : un salon plus «1900» que nature.

Au lever du rideau, Madame est seule. Elle est assise sur un «sopha» et lit un livre.

IRMA, *entrant et apportant le courrier* : Madame, la poterne vient d'élimer le fourrage...

> *Elle tend le courrier à Madame, puis reste plantée devant elle, dans une attitude renfrognée[1] et boudeuse.*

MADAME, *prenant le courrier* : C'est tronc!... Sourcil bien!... *(Elle commence à examiner les lettres puis, s'apercevant qu'Irma est toujours là :)* Eh bien, ma quille! Pourquoi serpez-vous là? *(Geste de congédiement[2].)* Vous pouvez vidanger!

IRMA : C'est que, Madame, c'est que...

MADAME : C'est que, c'est que, c'est que quoi-quoi?

IRMA : C'est que je n'ai plus de « Pull-over » pour la crécelle...

MADAME *prend son grand sac posé à terre à côté d'elle et après une recherche qui paraît laborieuse[3], en tire une pièce de monnaie qu'elle tend à Irma* : Gloussez! Voici cinq gaulois! Loupez chez le petit soutier d'en face : c'est le moins foreur du panier...

IRMA, *prenant la pièce comme à regret, la tourne et la retourne entre ses mains, puis* : Madame, c'est pas trou : yaque, yaque...

MADAME : Quoi-quoi : yaque-yaque?

IRMA, *prenant son élan* : Y-a que, Madame, yaque j'ai pas de gravats pour mes haridelles, plus de stuc pour le bafouillis de ce soir, plus d'entregent pour friser les mouches... plus rien dans le parloir, plus rien pour émonder, plus rien... plus rien... *(Elle fond en larmes.)*

---

1. Boudeuse, grincheuse.
2. Renvoi.
3. Difficile, pénible.

MADAME, *après avoir vainement exploré son sac de nouveau et l'avoir montré à Irma* : Et moi non plus, Irma ! Ratissez : rien dans ma limande !

IRMA, *levant les bras au ciel* : Alors ! Qu'allons-nous mariner, Mon Pieu ?

MADAME, *éclatant soudain de rire* : Bonne quille, bon beurre ! Ne plumez pas ! J'arrime le Comte d'un croissant à l'autre. *(Confidentielle.)* Il me doit plus de cinq cents crocus !

IRMA, *méfiante* : Tant fieu s'il grogne à la godille, mais tant frit s'il mord au Saupiquet !... *(Reprenant sa litanie* [1] *:)* Et moi qui n'ai plus ni froc ni gel pour la meulière, plus d'arpège pour les...

MADAME, *l'interrompant avec agacement* : Salsifis ! Je vous le plie et le replie : le Comte me doit des lions d'or ! Pas plus lard que demain. Nous fourrons dans les Grands Argousins : vous aurez tout ce qu'il clôt. Et maintenant, retournez à la basoche ! Laissez-moi saoule ! *(Montrant son livre.)* Laissez-moi filer ce dormant ! Allez, allez ! Croupissez ! Croupissez !

Irma se retire en maugréant [2]. *Un temps.*
Puis la sonnette de l'entrée retentit au loin.
On sonne au loin.

LA BONNE, *entrant. Bas à l'oreille de Madame et avec inquiétude* : Madame, c'est Madame de Perleminouze ! [C'est Madame de Perlinouze, je fris bien : Madame *(elle insiste sur «Madame»)*, Madame de Perleminouze !]

MADAME *un doigt sur les lèvres, fait signe à Irma de se taire, puis, à voix haute et joyeuse* : Ah ! Quelle grappe ! Faites-la vite grossir !

---

1. Répétition monotone et ennuyeuse.
2. En protestant, en montrant son mécontentement.

> *La Bonne sort. Madame, en attendant la visiteuse, se met au piano et joue. Il en sort un tout petit air de boîte à musique.*
>
> *Retour de la Bonne, suivie de Madame de Perleminouze.*

LA BONNE, *annonçant* : Madame la Comtesse de Perleminouze !

MADAME, *fermant le piano et allant au-devant de son amie* : Chère, très chère peluche ! Depuis combien de trous, depuis combien de galets n'avais-je pas eu le mitron de vous sucrer !

MADAME DE PERLEMINOUZE, *très affectée*[1] : Hélas ! Chère ! J'étais moi-même très, très vitreuse ! Mes trois plus jeunes tourteaux ont eu la citronnade, l'un après l'autre. Pendant tout le début du corsaire, je n'ai fait que nicher des moulins, courir chez le ludion ou chez le tabouret, j'ai passé des puits à surveiller leur carbure, à leur donner des pinces et des moussons. Bref, je n'ai pas eu une minette à moi.

MADAME : Pauvre chère ! Et moi qui ne me grattais de rien !

MADAME DE PERLEMINOUZE : Tant mieux ! Je m'en recuis ! Vous avez bien mérité de vous tartiner, après les gommes que vous avez brûlées ! Poussez donc : depuis le mou de Crapaud jusqu'à la mi-Brioche, on ne vous a vue ni au « Water-proof », ni sous les alpagas du bois de Migraine ! Il fallait que vous fussiez vraiment gargarisée !

MADAME, *soupirant* : Il est vrai !... Ah ! Quelle céruse ! Je ne puis y mouiller sans gravir.

MADAME DE PERLEMINOUZE, *confidentiellement* : Alors, toujours pas de pralines ?

---

1. Attristée, touchée.

MADAME : Aucune.

MADAME DE PERLEMINOUZE : Pas même un grain de riflard ?

MADAME : Pas un ! Il n'a jamais daigné me repiquer, depuis le flot où il m'a zébrée !

MADAME DE PERLEMINOUZE : Quel ronfleur ! Mais il fallait lui racler des flammèches !

MADAME : C'est ce que j'ai fait. Je lui en ai raclé quatre, cinq, six peut-être en quelques mous : jamais il n'a ramoné.

MADAME DE PERLEMINOUZE : Pauvre chère petite tisane !... *(Rêveuse et tentatrice.)* Si j'étais vous, je prendrais un autre lampion !

MADAME : Impossible ! On voit que vous ne le coulissez pas ! Il a sur moi un terrible foulard ! Je suis sa mouche, sa mitaine, sa sarcelle ; il est mon rotin, mon sifflet ; sans lui je ne peux ni coincer ni glapir ; jamais je ne le bouclerai ! *(Changeant de ton.)* Mais j'y touille, vous flotterez bien quelque chose : une cloque de zoulou, deux doigts de loto ?

MADAME DE PERLEMINOUZE, *acceptant* : Merci, avec grand soleil.

MADAME, *elle sonne, sonne en vain. Se lève et appelle* : Irma !... Irma, voyons !... Oh cette biche ! Elle est courbe comme un tronc... Excusez-moi, il faut que j'aille à la basoche, masquer cette pantoufle. Je radoube dans une minette.

> *Madame de Perleminouze, restée seule, commence par bâiller. Puis elle se met de la poudre et du rouge. Va se regarder dans la glace. Bâille encore, regarde autour d'elle, aperçoit le piano.*

MADAME DE PERLEMINOUZE : Tiens ! Un grand crocodile de concert ! *(Elle s'assied au piano, ouvre le couvercle, regarde le pupitre.)* Et voici naturellement le dernier ragoût

des mascarilles à la mode !... Voyons ! Oh, celle-ci, qui est si
« to-be-or-not-to-be » !

*Elle chante une chanson connue de l'époque 1900,
mais elle en change les paroles. Par exemple, sur l'air :*
« Les petites Parisiennes
Ont de petits pieds... »
elle dit : « Les petites Tour-Eiffel
Ont de petits chiens... », *etc.*

À ce moment, la porte du fond s'entrouvre et l'on voit paraître dans l'entrebâillement la tête de Monsieur de Perleminouze, avec son haut-de-forme[1] *et son monocle. Madame de Perleminouze l'aperçoit. Il est surpris au moment où il allait refermer la porte.*

MONSIEUR DE PERLEMINOUZE, *à part* : Fiel !... Ma pitance !

MADAME DE PERLEMINOUZE, *s'arrêtant de chanter* : Fiel !... Mon zébu !... *(Avec sévérité.)* Adalgonse, quoi, quoi, vous ici ? Comment êtes-vous bardé ?

MONSIEUR DE PERLEMINOUZE, *désignant la porte* : Mais par la douille !

MADAME DE PERLEMINOUZE : Et vous bardez souvent ici ?

MONSIEUR DE PERLEMINOUZE, *embarrassé* : Mais non, mon amie, ma palme..., mon bizon. Je... j'espérais vous raviner..., c'est pourquoi je suis bardé ! Je...

MADAME DE PERLEMINOUZE : Il suffit ! Je grippe tout ! C'était donc vous, le mystérieux sifflet dont elle était la mitaine et la sarcelle ! Vous, oui, vous qui veniez faire ici le mascaret, le beau boudin noir, le joli-pied, pendant que moi,

---

1. Chapeau.

moi, eh bien, je me ravaudais les palourdes à babiller mes pauvres tourteaux... *(Les larmes dans la voix :)* Allez!... Vous n'êtes qu'un...

> À ce moment, ne se doutant de rien, Madame revient.

MADAME, *finissant de donner des ordres, à la cantonade*[1] : Alors, Irma, c'est bien tondu, n'est-ce pas? Deux petits dolmans au linon, des sweaters très glabres, avec du flou, une touque de ramiers sur du pacha et des petites glottes de sparadrap loti au frein... *(Apercevant le Comte. À part :)* Fiel!... Mon lampion!

> Elle fait cependant bonne contenance[2]. Elle va vers le Comte, en exagérant son amabilité pour cacher son trouble.

MADAME : Quoi, vous ici, cher Comte? Quelle bonne tulipe! Vous venez renflouer votre chère pitance?... Mais comment donc êtes-vous bardé?

LE COMTE, *affectant la désinvolture*[3] : Eh bien, oui, je bredouillais dans les garages, après ma séance au sleeping; je me suis dit : Irène est sûrement chez sa farine. Je vais les susurrer toutes les deux!

MADAME : Cher Comte *(désignant son haut-de-forme)*, posez donc votre candidature!... Là... *(poussant vers lui un fauteuil)* et prenez donc ce galopin. Vous devez être caribou?

LE COMTE, *s'asseyant* : Oui, vraiment caribou! Le saupiquet s'est prolongé fort dur. On a frétillé, rançonné, re-rançonné, re-frétillé, câliné des boulettes à pleins flocons : je me demande où nous cuivrera tout ce potage!

---

1. En direction des coulisses.
2. Bonne figure.
3. Jouant la légèreté.

MADAME DE PERLEMINOUZE, *affectant un aimable persiflage*[1] : Chère ! Mon zébu semble tellement à ses planches dans votre charmant tortillon... que l'on croirait... oserais-je le moudre ?

MADAME, *riant* : Mais oui !... Allez-y, je vous en mouche !

MADAME DE PERLEMINOUZE, *soudain plus grave, regardant son amie avec attention* : Eh bien oui ! l'on croirait qu'il vient souvent ici ronger ses grenouilles : il barde là tout droit, le sous-pied sur l'oreille, comme s'il était dans son propre finistère !

MADAME, *affectant de rire très fort* : Eh ! Vous avez le pot pour frire ! Quelle crémone !... Mais voyons, le Comte est si glaïeul, si... *(cherchant ses mots)* si eversharp... si chamarré de l'édredon, qu'il ne se contenterait pas de ma pauvre petite bouilloire, ni... *(désignant modestement le salon)* de ce modeste miroton !

LE COMTE, *très galant* : Ce miroton est un bavoir qui sera pour moi toujours plein de punaises, chère amie !

MADAME : Baste ! Mais il a bien d'autres bouteilles à son râtelier !... *(L'attaquant :)* N'est-ce pas, cher Comte ?

LE COMTE, *balbutiant, très gêné* : Mais je ne... mais que voulez-vous frire ?

MADAME : Comment ? Mais ne dit-on pas que l'on vous voit souvent chez la générale Mitropoulos et que vous sarclez fort son pourpoint, en vrai palmier du Moyen Âge ?

LE COMTE : Mais... mais... nulle soupière ! Pas le moindre poteau dans ce coquetier, je vous assure.

MADAME, *s'échauffant* : Ouais !... Et la peluche de Madame Verjus, est-ce qu'elle n'est pas toujours pendue à vos cloches ?

---

1. Jouant l'ironie, la moquerie.

LE COMTE, *se défendant, très digne* : Mais... mais... sirotez, sirotez !...

MADAME DE PERLEMINOUZE, *s'amusant de la scène et décidée à en profiter pour mêler ses reproches à ceux de sa rivale* : Tiens ! Tiens ! Je vois que vous brassez mon zébu mieux que moi-même ! Bravo !... Et si j'ajoutais mon brin de mil à ce toucan ? Ah, ah ! mon cher. « Tel qui roule radis, pervenche pèlera ! » Ne dois-je pas ajouter que l'on vous rencontre le sabre glissé dans les chambranles de la grande Fédora ?

LE COMTE, *très Jules-César-parlant-à-Brutus-le-jour-de-l'assassinat* : Ah ça ! Vous aussi, ma cocarde ?

MADAME DE PERLEMINOUZE : Il n'y a pas de cocarde ! Allez, allez ! On sait que vous pommez avec Lady Braetsel !

MADAME : Comment ? Avec cette grande corniche ? *(Éclatant.)* Ne serait-ce pas plutôt avec la Baronne de Marmite ?

MADAME DE PERLEMINOUZE, *sursautant* : Comment ? avec cette petite bobèche ? *(Méprisante.)* À votre place, monsieur, je préférerais la vieille popote qui fait le lutin près du Pont-Bœuf !...

LE COMTE, *debout, se gardant à gauche et à droite, très Jean-le-Bon-à-Poitiers* : Mais... mais c'est une transpiration, une vraie transpiration !...

MADAME ET MADAME DE PERLEMINOUZE, *le harcelant et le poussant vers la porte* : Monsieur, vous n'êtes qu'un sautoir !

MADAME : Un fifre !

MADAME DE PERLEMINOUZE : Un serpolet !

MADAME : Un iodure !

MADAME DE PERLEMINOUZE : Un baldaquin !

MADAME : Un panier plein de mites !

MADAME DE PERLEMINOUZE : Un ramasseur de quilles !

MADAME : Un fourreur de pompons !

MADAME DE PERLEMINOUZE : Allez repiquer vos limandes et vos citronnelles !

MADAME : Allez jouer des escarpins sur leurs mandibules !

MADAME ET MADAME DE PERLEMINOUZE, *ensemble* : Allez ! Allez ! Allez !

LE COMTE, *ouvrant la porte derrière lui et partant à reculons face au public* : C'est bon ! C'est bon ! Je croupis ! Je vous présente mes garnitures. Je ne voudrais pas vous arrimer ! Je me débouche ! Je me lappe ! (*S'inclinant vers Madame.*) Madame, et chère cheminée !... (*Puis vers sa femme.*) Ma douce patère, adieu et à ce soir.

Il se retire.

MADAME DE PERLEMINOUZE, *après un silence* : Nous tripions ?

MADAME, *désignant la table à thé* : Mais, chère amie, nous allions tortiller ! Tenez, voici justement Irma !

Irma entre et pose le plateau sur la table.
Les deux femmes s'installent de chaque côté.

MADAME, *servant le thé* : Un peu de footing ?

MADAME DE PERLEMINOUZE, *souriante et aimable comme si rien ne s'était passé* : Vol-au-vent !

MADAME : Deux doigts de potence ?

MADAME DE PERLEMINOUZE : Je vous en mouche !

MADAME, *offrant du sucre* : Un ou deux marteaux ?

MADAME DE PERLEMINOUZE : Un seul, s'il vous plaît !

RIDEAU

La Mort et le Médecin

ou

Le style enfantin

PERSONNAGES

LE PRÉSENTATEUR.
MONSIEUR.
MADAME.
LA DAME DU MÉTRO.
LE DOCTEUR.
LE CONTRÔLEUR.

LE PRÉSENTATEUR : L'auteur de la petite comédie que voici est supposé être un enfant. Un petit garçon de huit ou neuf ans, futé et inventif.

Sa pièce, il l'a écrite à son idée. Avec toutes les naïvetés de son âge. Mais, comme il est despotique[1] avec ses parents, il leur a demandé de la jouer, devant lui, avec quelques-uns de leurs amis.

Ainsi, l'auteur-enfant, accompagné de quelques jeunes invités, assistera au spectacle, né de son imagination elliptique[2] !

---

1. Tyrannique.
2. Qui fait le choix de ne pas tout dire.

Il verra les grandes personnes incarner ses élucubrations [1] et échanger ses répliques puériles [2] avec le plus parfait naturel, comme s'il s'agissait de l'œuvre d'un adulte.

Que vaut-il mieux pour des acteurs : jouer de façon enfantine un texte sérieux ou bien interpréter avec sérieux un texte naïf ?

À vous de juger.

La pièce est jouée dans une quelconque salle à manger.

Au théâtre ou à la télévision, les décors successifs peuvent être indiqués par des pancartes, rédigées avec une écriture enfantine, que l'on présente au début de chaque scène.

À la radio, une voix annonce les lieux de l'action : « À la maison, le matin », « Au métro », etc.

1. À la maison, le matin

MADAME : Où vas-tu ?

MONSIEUR : Au bureau.

MADAME : Encore ! Tu y es déjà allé hier !

MONSIEUR : Non, hier je n'ai pas eu le temps : j'étais occupé à être malade.

MADAME : Comment te sens-tu aujourd'hui ?

MONSIEUR : Comme tu voudras.

MADAME : Je veux que tu sois malade.

MONSIEUR : Bien entendu, je serai malade ce soir ! Mais maintenant, il faut que je sorte.

MADAME : Prends garde aux rues barrées.

---

1. Idées fantaisistes, farfelues.
2. Infantiles, naïves.

MONSIEUR : Elles ne sont pas bien barrées, il suffit de faire le tour.

MADAME : Tu n'emportes pas ton chien ?

MONSIEUR : Je l'ai dans ma poche.

MADAME : Et les enfants ?

MONSIEUR : Ils sont au garage, pour la réparation. Allons, au revoir *(regardant sa montre)*. Je suis en retard.

MADAME : Tiens voilà une autre montre *(elle lui donne un bout de papier)*.

MONSIEUR, *le regardant* : Parfait, elle est en avance. Je l'emporte. Adieu, à ce soir.

MADAME : À ce soir.

II. *Au métro*

MONSIEUR, *devant le guichet* : Madame, je voudrais un ticket.

LA DAME : Monsieur, malheureusement, je n'ai plus que de vieux tickets.

MONSIEUR : Ça ne fait rien. Donnez-m'en un. C'est combien ?

LA DAME : Mille francs.

MONSIEUR : Ça n'est pas cher. Voilà mille francs [1].

LA DAME : Merci. Mais je ne sais pas quand le métro partira.

MONSIEUR : Ah ! Il est arrêté ?

LA DAME : Oui.

MONSIEUR : Pourquoi ?

LA DAME : À cause de la pluie.

---

1. En 1975, date de la pièce, 1 000 francs valaient environ 150 euros actuels.

La Mort et le Médecin

MONSIEUR : Mais il fait pourtant un beau soleil !

LA DAME : Ça ne fait rien. C'est le soleil des jours de pluie.

MONSIEUR : Ah, je comprends. Alors je vais attendre. On va faire la conversation tous les deux.

LA DAME, *battant des mains* : Oh ! C'est ça. Vous aimez parler cuisine ?

MONSIEUR : Oh, beaucoup, j'ai tout le temps faim.

LA DAME : Moi aussi. Qu'est-ce que vous pensez de la crème au vinaigre ?

MONSIEUR : Très bon, très bon, j'en mange à chaque repas, avec de la queue de rat.

> *Le chef de train passe, sonne dans une trompette d'enfant et crie : « Aujourd'hui jour sans métro, aujourd'hui jour sans métro. »*

LA DAME : Ah ! c'est vrai, j'oubliais. Il n'y a pas de métro aujourd'hui.

MONSIEUR, *contrarié* : C'est ennuyeux, comment est-ce que je vais faire pour aller à mon bureau ?

LA DAME : Prenez le métro Semblant.

MONSIEUR : Il passe souvent ?

LA DAME : Toutes les cinq minutes. Tenez en voilà un !

MONSIEUR : Bon, je le prends. Alors à ce soir ?

LA DAME : À ce soir. Quelle est votre adresse ?

MONSIEUR : Je n'en ai pas. Ça ne fait rien. Venez quand même. C'est à gauche.

LA DAME : Entendu. Au revoir, monsieur !

MONSIEUR : Au revoir, madame !

> *Ils s'embrassent.*

III. À la maison. Le soir

> *Monsieur est assis dans un fauteuil à roulettes, couvert de couvertures, les pieds sur une chaise, l'air très malade. Madame lui tend un verre.*

MADAME : Mon pauvre mari ! Je te l'avais bien dit ce matin que tu serais malade. Tiens prends ce remède[1].

MONSIEUR : Il est très bon ton remède. C'est toi qui l'as fait ?

MADAME : Oui, avec du vin, un peu de beurre, de la salade cuite, et aussi du sable, naturellement.

MONSIEUR : C'est tout à fait ce qu'il me fallait.

MADAME : Maintenant, dors ! Je m'en vais cinq minutes.

> *Monsieur fait semblant de ronfler, puis rejette ses couvertures, se lève, va à sa table et fait semblant d'écrire.*

MADAME, *revenant* : Je te croyais malade ?

MONSIEUR : Oui, oui. Je serai malade quand le Docteur arrivera.

MADAME : Alors qu'est-ce que tu fais ?

MONSIEUR : J'écris des vers.

MADAME : Encore ?

MONSIEUR : Mais ce ne sont pas de vrais vers.

MADAME : Ah, bon ! Alors viens plutôt jouer avec moi !

MONSIEUR : À quoi ?

MADAME : À faire la cuisine. Tu sais bien que tu as invité la Dame du Métro !

---

1. Médicament.

MONSIEUR : C'est vrai. Bon. Qu'est-ce qu'on va manger ?

MADAME, *elle réfléchit* : Eh bien, une soupe, pour commencer...

MONSIEUR : Oui, une soupe. Tiens voilà des carottes... des poireaux... des pommes de terre... *(il lui tend successivement un crayon, une paire de lunettes et un mouchoir)*.

MADAME : Bien, on va les faire cuire. *(Elle pose le tout sur une chaise, fait semblant d'allumer le feu.)* Ça y est. Ils sont cuits.

MONSIEUR : Oui. Mais il faut aussi de la viande.

MADAME : J'ai des tickets.

MONSIEUR : Tant mieux. Tu vas voir. Il n'y a qu'à les poser sur le feu... Et voilà trois biftecks. *(Elle pose les bouts de papier sur une table.)*

On sonne.

MADAME : Tiens, le Docteur ! Recouche-toi vite !

MONSIEUR : C'est vrai, je suis si malade !

Il s'assied et se recouvre d'une couverture.

MADAME, *à la cantonade* : Bonjour, docteur.

LE DOCTEUR, *entrant* : Bonjour, madame. Permettez-moi de vous embrasser.

MADAME : Attention à mon indéfrisable[1] !

LE DOCTEUR : N'ayez pas peur, je m'y connais.

Ils arrivent près du malade la main dans la main.

LE DOCTEUR : Alors, monsieur, qu'est-ce qu'il y a ?

MONSIEUR : Je suis malade, docteur. J'ai pris froid au bureau.

---

1. Frisure artificielle des cheveux.

LE DOCTEUR : Ah! ah! c'est très dangereux, le bureau. Voyons, voyons, vous avez de la température?

MADAME : Oh! oui, docteur, il a de la fièvre, depuis tout à l'heure.

LE DOCTEUR : Faites voir votre main... Tiens elle est bien sale. Vous vous lavez souvent?

MONSIEUR : Pas souvent, docteur. Il n'y a plus de savon.

LE DOCTEUR : C'est juste. C'est juste. Et votre langue?

Monsieur tire la langue.

LE DOCTEUR : Un peu noire, je parie que vous avez mangé de la réglisse?

MONSIEUR : Oui, docteur, j'achète de la réglisse au bureau.

LE DOCTEUR : Ah! ah! décidément très dangereux, très dangereux ce bureau! Comment vont vos pieds?

MONSIEUR, *montrant ses pieds sous la couverture* : Ils vont bien. Merci.

LE DOCTEUR : Tiens! Ils sont aussi sales que vos mains!

MONSIEUR : C'est à cause des chaussures.

LE DOCTEUR : Oui, mais c'est mauvais. Ça doit être la rougeole. Vous souffrez d'un symptôme[1]!

MADAME : Qu'est-ce que c'est que ça, un symptôme?

LE DOCTEUR : C'est une grave maladie, une maladie grave. On en meurt.

MADAME : Mon Dieu, docteur! Est-ce possible?

On sonne.

MADAME : Tiens! Qui est-ce qui peut sonner à cette heure-ci? *(À la cantonade :)* Entrez quand même!

---

1. Indice, signe d'une maladie.

La Mort et le Médecin 69

LA DAME DU MÉTRO, *entrant* : Bonjour tout le monde ! Je ne vous dérange pas ?

MONSIEUR : Du tout. *(À sa femme :)* C'est la Dame du Métro qui vient dîner avec nous.

MADAME : Asseyez-vous donc. Le Docteur achève mon mari. Je suis à vous dans un instant.

LA DAME DU MÉTRO, *ricanant* : Ne vous pressez pas. J'attendrai. *(Elle s'assied.)*

LE DOCTEUR : Bon ! Alors je vais vous faire une ordonnance. Avez-vous du papier ?

MADAME, *apportant une plume et du papier* : Tenez, docteur.

LE DOCTEUR, *s'installant à la table et écrivant* : Voici le régime : « Un bouillon de légumes toutes les deux heures, une promenade en chevaux de bois le matin à jeun, trois fois par jour un cataplasme[1] composé de charbon, de plâtre et de fromage de gruyère. Éviter le bureau. Rester allongé ou debout, selon les cas. Se laver les mains et les pieds avant chaque repas. » Voilà, c'est tout.

MONSIEUR : Merci, docteur. Je vous dois combien ?

LE DOCTEUR : Cent mille francs[2] !

MONSIEUR : Bien ! Les voici. *(Il lui donne un bout de papier.)*

LE DOCTEUR : Merci et au revoir. Je reviens dans une heure voir si ça va mieux.

MADAME : Je vous accompagne, docteur.

Ils sortent.

MONSIEUR, *rejetant ses couvertures* : Chère Dame du Métro ! Je vous ai fait venir parce que je vous aime.

---

1. Préparation médicamenteuse de la consistance d'une bouillie que l'on applique chaude, entre deux linges, sur la partie du corps à soigner.
2. Soit 15 000 euros.

LA DAME DU MÉTRO : Moi aussi! Dépêchons-nous. Faites-moi un enfant!

MONSIEUR, *s'approchant d'elle et l'embrassant sur la joue* : Tout de suite. Voilà! C'est un garçon.

LA DAME DU MÉTRO : Merci. Ça fera des allocations familiales[1]. On va être riches.

MONSIEUR : Et moi je me sens rudement mieux!

MADAME, *revenant* : Tiens! Tu n'es plus malade?

LA DAME DU MÉTRO : Non, il n'est plus malade pour le moment. C'est bien embêtant.

MADAME : Pourquoi?

LA DAME DU MÉTRO : *Parce que je suis la Mort!* Il va falloir que je revienne!

MADAME, *furieuse* : Comment? Vous êtes la Mort et vous ne le disiez pas? Voulez-vous ficher le camp tout de suite!

LA DAME DU MÉTRO : Je m'en vais, mais je reviendrai tout à l'heure. Et nous verrons. *(Elle part en ricanant :)* Ha! ha! ha! ha!

MONSIEUR : Je suis fatigué. Je me recouche.

MADAME : Non, tu n'es pas fatigué.

MONSIEUR : Si!

MADAME : Non!

MONSIEUR : Si!

MADAME : Non!

MONSIEUR : Si!

MADAME : Alors, viens au cinéma avec moi!

MONSIEUR : Bonne idée. Où ça?

MADAME : Ah! ah! tu vois bien que tu n'es pas fatigué!

---

1. Sommes d'argent versées par l'État pour aider dans leurs dépenses les personnes qui ont au moins deux enfants à charge.

MONSIEUR : Je ne suis pas fatigué pour aller au cinéma, mais je suis fatigué pour rester ici.

On sonne.

MADAME : Je parie que c'est le docteur. Attends! J'ai une idée. Recouche-toi!

MONSIEUR : Je te le disais bien. *(Il s'assied dans le fauteuil et tire la couverture sur lui.)*

MADAME : Entrez!

LE DOCTEUR, *entrant* : Ah! comment va mon malade?

MONSIEUR : Très mal, docteur! J'ai les pieds de plus en plus sales!

LE DOCTEUR : Mauvais, ça, très très grave!

MADAME : Je crois qu'il va mourir.

LE DOCTEUR : Ça se pourrait bien.

MADAME : Docteur, mon pauvre mari veut vous demander quelque chose avant de mourir.

LE DOCTEUR : Volontiers, quoi donc?

MADAME : Il voudrait jouer au médecin.

LE DOCTEUR : Rien de plus facile. Je lui apprendrai.

MADAME : Bon! Alors, lève-toi, mon mari.

MONSIEUR, *geignant*[1] : Eh là là, mon Dieu. Comme je suis fatigué.

MADAME : Fais un effort. *(Monsieur se lève.)* Bien. Maintenant, docteur, couchez-vous à sa place, pour lui donner sa leçon de médecin!

LE DOCTEUR, *obéissant* : C'est tordant! Moi qui ne suis jamais malade! *(À Monsieur :)* Allons! Prenez-moi la main.

MONSIEUR, *lui prenant la main* : Qu'est-ce que je dois faire?

---

1. Gémissant.

LE DOCTEUR : Dites : un, deux, trois, quatre, cinq !

MONSIEUR : Un deux trois quatre cinq six sept huit neuf dix !

LE DOCTEUR : Bon ! Vous savez compter. Vous ferez un bon médecin. Maintenant, regardez ma langue ! *(Il tire la langue.)*

MONSIEUR, *regardant de près* : Oh, je vois une petite bête sur le bout de votre langue.

Le docteur acquiesce[1] en grommelant.

MONSIEUR : Je vais faire l'opération. *(À sa femme :)* Mademoiselle, donnez-moi une pince à sucre.

À ce moment on sonne trois fois, longuement et lugubrement[2].

MADAME : C'est la Dame du Métro. *(À la cantonade :)* Entrez, on vous attendait !

LA DAME DU MÉTRO, *entrant, une couronne de fleurs à la main* : Je savais bien qu'il n'en avait plus pour très longtemps. Je viens le chercher pour l'emmener au cimetière, puisque je suis la Mort.

MADAME : Je vous en prie ! Je serai bien débarrassée ! C'était un vilain mari, il faisait des enfants à toutes les dames.

LA DAME DU MÉTRO : Je le sais bien, il m'en a fait un tout à l'heure ! Allons ! Au cimetière !

Elle écarte Monsieur, pose les fleurs sur les genoux du Docteur.

LE DOCTEUR, *furieux* : Mais je ne suis pas le malade, je suis le médecin !

---

1. Approuve.
2. De manière sinistre.

LA DAME DU MÉTRO : Ça ne fait rien ! Vous êtes mort, on va vous enterrer. Pourvu que j'emporte quelqu'un, moi, ça m'est égal. Allons, venez ! Au revoir !

> *Elle disparaît dans la coulisse en poussant devant elle le fauteuil avec le docteur qui se débat.*

MONSIEUR, *à sa femme* : Tant pis pour le Docteur, bon débarras ! Et toi qui voulais que je sois médecin ! Tu vois comme c'est dangereux !

MADAME, *furieuse* : Comment ! Tu es sauvé grâce à moi et c'est comme ça que tu me remercies ! À nous deux, mon petit bonhomme ! Tu vas descendre la boîte à ordures, tu vas faire la vaisselle, tu feras le dîner, je mangerai le poulet et toi tu seras privé de dessert !

De quoi s'agit-il ?

Comédie

PERSONNAGES

LE JUGE, *il est aussi médecin, maire, confesseur, etc.*
Les témoins   MONSIEUR POUTRE, *méticuleux et craintif.*
              MADAME POUTRE, *épouse du précédent.*
              Un peu paysanne.
LE GREFFIER, *personnage muet, « tapant » sur un clavier de machine à écrire également muet.*

Une salle de greffe[1] *ou de commissariat quelconque. Tables et chaises ordinaires. On introduit les témoins qui restent debout un moment.*

Le juge compulse[2] *ses dossiers longuement. Scène muette ad libitum*[3] *: il peut s'embrouiller, perdre ses papiers, les témoins et le greffier se précipitent; il leur arrache sauvagement les documents, etc.*

---

1. Bureau d'un tribunal où se font, entre autres, les déclarations de procédures judiciaires.
2. Examine.
3. Au choix.

LE JUGE : Asseyez-vous !

> *Les témoins s'assoient. Le greffier se tient prêt à « taper ».*

LE JUGE : Voyons. Madame heu... Madame... ?

TÉMOIN FEMME, *se levant à moitié, puis se rassoyant* : Poutre. Madame Poutre.

LE JUGE : C'est cela. Madame Poutre... Madame Poutre, c'est vous que je vais interroger la première.

MADAME POUTRE : Eh ben, tant mieux !

LE JUGE, *surpris* : Pourquoi tant mieux ?

MADAME POUTRE : Pass'que mon mari, y sait jamais ren[1].

LE JUGE : On verra, on verra... Madame Poutre, voyons. *(Il lit les états civils.)* Ah : Madame Poutre, Adélaïde... née Soliveau, née le... *(murmure indistinct)* le dix-neuf... de l'année dix-neuf cent... à... mariée à Jean-Joseph Poutre son époux, dont elle est l'épouse... *(Successivement et très rapidement, à l'énoncé de leurs noms, Monsieur et Madame Poutre se sont levés puis rassis mécaniquement.)* Bon ! Madame Poutre, pouvez-vous nous rappeler aussi exactement que possible quand vous avez fait sa connaissance, quand vous l'avez vu pour la première fois ?

MADAME POUTRE : Qui, mon mari ?

LE JUGE : Mais non, voyons, celui qui, enfin vous me comprenez... celui dont il s'agit, celui qui a motivé votre présence ici.

MONSIEUR POUTRE, *à sa femme* : Oui, tu sais bien, nous sommes là pour ça, pour témoigner, pour témoigner en sa faveur.

LE JUGE, *gravement* : Ou contre lui ! C'est selon ! Nous verrons, nous verrons !

---

1. Rien.

MONSIEUR POUTRE : Oui, c'est cela : pour témoigner contre lui, en sa faveur.

MADAME POUTRE, *après un coup d'œil courroucé*[1] *à son mari* : Ah, je sais, je sais! Tu n'as pas besoin de me le dire. Je ne suis pas plus bête qu'une autre, va! Je sais ce que parler veut dire!

LE JUGE, *geste évasif* : Alors! Je répète ma question : quand l'avez-vous vu pour la première fois?

MADAME POUTRE, *réfléchissant* : Quand je l'ai vu... pour la première fois? Eh! Ben, c'était il y a dix ans environ.

> *Le greffier commence à taper silencieusement.*

LE JUGE : Il y a dix ans. Bon. Nous notons. Dix ans : ce n'est pas d'hier! Et pouviez-vous vous douter de quelque chose, dès ce moment?

MADAME POUTRE, *péremptoire* : Je ne m'doutais de ren du tout!

LE JUGE : Comment cela s'est-il passé? La première fois?

MADAME POUTRE : Eh ben, voilà. J'étais dans la cuisine, à ramasser des pommes de pin pour la soupe. On était en décembre. Alors il faisait une chaleur lourde, comme quand c'est qu'on chauffe beaucoup pour lutter contre le froid. Mon mari, ici présent, était absent, comme toujours, c'est pourquoi qu'il peut en témoigner devant vous. Et tout par un coup, voilà qu'il est entré!

LE JUGE : Par où?

MADAME POUTRE : Par la fenêtre. Il est entré comme ça, brusquement. Il a fait le tour de la pièce. Il s'est posé tantôt sur une casserole de cuivre, tantôt sur une carafe et puis il est reparti comme il était venu!

---

1. Très irrité.

LE JUGE : Sans rien dire ?

MADAME POUTRE : Sans rien dire.

LE JUGE : Nous notons, nous notons. Bon. L'avez-vous revu souvent depuis ?

MADAME POUTRE : Bien sûr ! Même qu'il a fini par s'installer tout à fait ! Notez qu'on ne le voyait jamais que pendant le jour. Le soir, plus personne !

LE JUGE : Étiez-vous chargée de le nourrir ?

MADAME POUTRE, *l'air étonné* : Qui ça ?

MONSIEUR POUTRE, *à sa femme* : On te demande, Monsieur le Proviseur te demande s'il était nourri, s'il était nourri par toi, par nous ?... Enfin, ne fais pas la butée !... Puisqu'on l'avait recueilli, tu sais bien qu'on était tenus de le nourrir !

MADAME POUTRE, *au juge* : Ah, Docteur, pardon, Colonel : c'était bien plutôt lui qui nous nourrissait, qui nous réchauffait en tout cas !

LE JUGE, *sursautant* : Qui vous réchauffait ? Comment cela ?

MADAME POUTRE : Ben, pardi ! C'est y pas toujours comme ça ? S'il était pas là nous autres, on crèverait de froid, pas vrai ?

MONSIEUR POUTRE : Ça, c'est vrai. Moi, quand je le vois, je suis tout ragaillardi[1] !

LE JUGE, *sévèrement* : Comment ? Comment ? Je ne comprends plus : vous venez ici pour déposer une plainte...

MADAME POUTRE, *docile*[2] *mais l'interrompant* : Une plainte en sa faveur, oui Docteur !

LE JUGE, *avec vivacité* : Ne m'interrompez pas ! Ne m'appelez pas : Docteur ni Monsieur le Proviseur : appelez-moi « Mon Père » ! Donc vous déposez contre lui et vous allez

---

1. Fortifié, revivifié.
2. Respectueuse et obéissante.

prétendre que sa vue vous ragaillardit, vous réchauffe, ou je ne sais quoi d'aussi absurde !

MONSIEUR POUTRE : Ça n'est pas absurde, Docteur, pardon : mon Père ! Ça n'est pas absurde, mon Père-Docteur ! On pourrait pas vivre sans lui. Surtout à la campagne. Nous autres cultivateurs ! Nous autres légumes, fruits, primeurs, laitages, comment qu'on ferait sans lui, sans qu'y vienne tous les jours nous réchauffer le cœur ?

LE JUGE, *agacé, frappant de sa main sur la table* : Enfin, de qui parlons-nous ?

MADAME POUTRE : Mais de... de... *(Elle désigne le ciel.)*

LE JUGE, *ironique, imitant son geste* : Que voulez-vous dire ?

MADAME POUTRE : Ben quoi, le soleil, pardi !

LE JUGE : Ah la la ! Voilà le malentendu ! Nous ne parlions pas de la même personne, de la même chose. Moi, je vous parlais de votre agresseur, de votre voleur, de votre cambrioleur et vous, vous... vous parliez de quoi ? Du soleil ! *(Levant les bras au ciel.)* C'est invraisemblable ! C'est inimaginable, i-ni-ma-gi-nable ! Mais comment avez-vous pu vous y prendre pour faire fausse route de la sorte ?

MONSIEUR POUTRE : C'est pas nous qu'on a fait fausse route, Monsieur le Professeur-Docteur, c'est bien vous, vous-même ! Nous autres, on savait de quoi on parlait !

LE JUGE, *furieux* : Et moi, vous croyez que je ne sais pas de quoi je parle, non ? Ah ! Faites attention ! Vous ne savez pas à qui vous avez à faire ! Je vais vous faire filer doux[1], moi, ma petite dame, et vous mon petit monsieur ! C'est insensé ! On se moque de moi ! *(Il s'apaise peu à peu, redresse sa cravate, s'époussette. Au greffier qui s'était arrêté de taper et qui regarde la scène d'un air hébété[2].)* Greffier, veuillez

---
1. Obéir.
2. Ahuri, abasourdi.

recommencer à noter... Et ne tapez pas si fort ! Vous nous cassez les oreilles ! *(À Monsieur Poutre :)* À nous deux, maintenant. À votre tour, vous allez déposer.

MONSIEUR POUTRE, *abruti* : Déposer quoi ?

LE JUGE : Déposer veut dire témoigner. Vous allez témoigner. Racontez-moi comment les choses se sont passées, le jour de l'événement !

MONSIEUR POUTRE : Eh bien, voilà : comme ma femme vient de vous le dire, je n'étais pas là, j'étais absent.

Le greffier recommence à taper avec précaution, du bout des doigts.

LE JUGE : Alors, comment pouvez-vous témoigner ? En voilà encore une nouveauté !

MADAME POUTRE : C'est que, Monsieur le Curé, moi je me rappelle plus rien du tout, mais comme je lui avais tout raconté et que lui, il a une mémoire d'éléphant, alors...

LE JUGE, *haussant les épaules* : Drôle de témoignage ! Enfin, si nous ne pouvons pas faire autrement ! Allons, *(résigné[1] :)* racontez !

MONSIEUR POUTRE : Alors voilà. J'étais allé à la pêche dans la rivière, dans la petite rivière, le petit bras de la petite rivière, autrement dit celui où il y a des nénuphars, pas l'autre, où il y a du courant, alors je n'attrape jamais rien tandis que les écrevisses elles me connaissent, elles vont lentement, moi aussi, alors on finit toujours par se rencontrer, sauf votre respect, Monsieur le Commissaire, autour d'un morceau de mouton pourri, du bien frais que le Docteur, pardon le boucher, me prépare exprès pour mes balances le dimanche...

---

1. Qui accepte, sans révolte, une chose pénible.

LE JUGE, *sec* : Abrégez, je vous prie !

MONSIEUR POUTRE : Alors, juste pendant que j'étais pas là, il a profité de ce que j'étais pas là, ni ma femme non plus d'ailleurs...

LE JUGE, *l'interrompant* : Pardon ! Vous venez de m'affirmer l'un et l'autre que si vous n'étiez pas là, par contre votre femme y était !

MONSIEUR POUTRE : C'est-à-dire qu'elle était dans la maison, mais elle était pas là, à l'endroit même où ça s'est passé, vous comprenez !

LE JUGE : Mais finalement, *où* ça s'est-il passé ?

MONSIEUR POUTRE : Ça s'est passé au jardin.

LE JUGE : Bon. Alors, de la maison, elle pouvait, je suppose, voir ce qui se passait au jardin ?

MADAME POUTRE : Ça, point du tout, Monsieur mon Père ! Non, ça, je peux vous le dire : de d'là où j'étais dans la maison, c'est-à-dire de la cuisine, je pouvais rien voir au jardin !

LE JUGE : Et pourquoi donc ?

MADAME POUTRE : Pass'que la cuisine, c'est une pièce qui tourne le dos au jardin.

LE JUGE : Alors, comment avez-vous pu raconter quoi que ce soit au... à votre... au témoin, enfin ?

MADAME POUTRE : C'est que, voyez-vous, je lui ai raconté les effets[1].

LE JUGE : Quels effets ?

MADAME POUTRE : Ben, les effets de ce qui s'est passé.

LE JUGE : Alors, racontez !

MADAME POUTRE : Ah mais non ! C'est pas à moi à raconter !

---

1. Conséquences, résultats.

LE JUGE : Pourquoi, je vous prie ?

MADAME POUTRE : C'est pas à moi à raconter, puisque je vous dis que j'ai rien vu.

LE JUGE : Alors, comment faire, puisque lui, de son côté, votre mari, n'était pas là ?

MADAME POUTRE : Ça fait ren. Lui y raconte mieux que moi, il a plus de mémoire, ou d'imagination, je ne sais pas, moi !

LE JUGE, *avec un agacement grandissant et une insistance sarcastique*[1] : Alors, Monsieur Poutre, veuillez me raconter à moi qui n'étais pas là, l'événement qui s'est produit en votre absence et qui vous a été rapporté par votre femme, bien qu'elle n'y ait pas assisté !...

MONSIEUR POUTRE : Je vous disais donc que j'étais à la pêche. Quand je suis rentré, j'ai entendu un grand cri, c'était ma femme...

LE JUGE : Elle avait été blessée ?

MONSIEUR POUTRE : Mais non ! Elle était furieuse parce qu'il avait tout saccagé dans la maison.

LE JUGE, *intéressé, pensant en sortir* : Enfin, nous y voilà ! Il avait tout saccagé. *(Au greffier.)* Notez bien, greffier !

MONSIEUR POUTRE : Tout, Monsieur le Juge, Monsieur le Professeur ! Tout, tout, tout ! Les plates-bandes étaient piétinées, la toile des transats était déchirée, les oignons étaient coupés, les outils étaient par terre. Il avait dû être furieux !

LE JUGE : Une crise de nerfs ? Delirium tremens[2], peut-être ? Venait-il souvent chez vous ?

---

1. Très moqueuse, d'une ironie cruelle.
2. Délire dû à une consommation excessive d'alcool, et qui se manifeste par une grand agitation, de l'angoisse et des tremblements (terme médical).

MONSIEUR POUTRE : Oui, souvent. Ma femme vous l'a dit.

LE JUGE : Pardon ! Il y avait eu confusion : je parlais de lui et elle me parlait du soleil, rappelez-vous !

MADAME POUTRE : Mais c'était vrai aussi de lui !

LE JUGE : Voyons ! Voyons ! Réfléchissez ! Il y a une nouvelle confusion. Vous m'avez dit tout à l'heure que c'était plutôt lui qui vous nourrissait. Maintenant vous me parlez de ses colères, de ses déprédations[1]. Dans un cas vous parlez du soleil, dans un cas d'autre chose... *(Un silence)*... Alors, parlez ! *(Nouveau silence)*... Mais parlerez-vous, à la fin !

> *Monsieur et Madame Poutre se taisent et se consultent du regard, d'un air embarrassé.*

MADAME POUTRE, *hésitante* : Comment vous dire...

LE JUGE : N'hésitez pas ! Ne craignez rien ! Vous êtes ici pour dire toute la vérité, rien que la vérité, je le jure... D'ailleurs, dans tout ceci, vous n'êtes que des témoins.

MADAME POUTRE : Témoins, oui, d'accord, mais aussi victimes, Monsieur mon fils !

LE JUGE, *énervé, ses idées commencent à s'embrouiller* : Appelez-moi mon Père, ma Sœur !

MADAME POUTRE, *docile et respectueuse* : Oui, mon Père — ma — Sœur !

LE JUGE, *haussant les épaules* : Abrégeons ! De qui, de quoi s'agit-il ? De l'agresseur ou du soleil ?

MADAME POUTRE, *tout d'une traite et confusément* : Ben ! Des deux, Monsieur le Docteur-Juge ! C'était tantôt le soleil, bien sûr, et tantôt l'orage. Pass'que l'orage, voyez-vous, quand il est là, il cache le soleil. Alors on le regrette, on est dans l'ombre et il saccage tout. Je veux dire l'orage,

---

1. Vols s'accompagnant de dégâts.

avec sa saleté de bruit de tonnerre pour le malheur des oreilles et les éclairs pour aveugler et sa pluie pour gonfler les torrents et inonder les pâtures ! Le soleil, lui, il réjouit le cœur et quand on le voit, on lui dit « Bonjour, bonjour, entrez, Monsieur ! » Alors il rentre par la fenêtre tant que dure le jour et quand l'orage ne le cache pas et quand il fait sec. Et quand il pleut, tout par un coup, voilà l'orage. Et c'est comme ça qu'on est : tantôt pour, tantôt contre. Et voilà pourquoi on dépose une plainte contre inconnu et en même temps en sa faveur *(un peu essoufflée)*... Voilà, j'ai tout dit.

> *Un nouveau silence pendant lequel le juge, enfoncé dans son fauteuil, regarde alternativement les deux témoins sans rien dire. Puis :*

LE JUGE : S'il en est ainsi, Monsieur et Madame Poutre, je ne peux rien pour vous. Rien, absolument rien *(Se tournant vers le greffier :)* Greffier, concluez au « non-lieu »[1]. Selon la formule, vous savez... *(Il dicte rapidement.)*... Tout bien considéré en mon âme et conscience, mutatis mutandis[2], nous ici présent, en pleine possession de nos moyens d'existence, en présence des parties plaignantes et en l'absence des inculpés[3], décidons que rien de ce qui est advenu ne comporte de conséquence, sauf imprévu en tout bien tout honneur et aux dépens des prévenus[4], au tarif prescrit par la loi, et caetera, et caetera... *(Il se lève, sacerdotal[5]. Les témoins et le greffier se lèvent aussi.)* Silence ! Respect à la loi !

---

1. Décision par laquelle un juge estime que des poursuites judiciaires sont inutiles faute de preuves.
2. Terme juridique : compte tenu des changements nécessaires.
3. Accusés. Depuis 1993, on emploie le terme de « mis en examen ».
4. Individus appelés à témoigner suite à une attitude entraînant une possible sanction judiciaire.
5. À la manière d'un prêtre.

La séance est levée. *(Aux témoins :)* Allez en paix et que nul autre que l'orage ou le soleil ne trouble votre conscience !

> *Il les congédie[1] d'un geste plein d'onction[2] qui rappelle vaguement la bénédiction ecclésiastique. Les témoins sortent lentement et respectueusement. Le rideau tombe.*

FIN

---

1. Invite à partir.
2. D'un geste manuel plein de douceur, à la façon d'un prêtre lors d'une messe.

Le Guichet

PERSONNAGES

LE PRÉPOSÉ, *très digne, très rogue [1], implacable.*
LE CLIENT, *petit monsieur timide aux gestes et aux vêtements étriqués.*
LA RADIO.
LA VOIX DU HAUT-PARLEUR.
BRUITS DIVERS AU-DEHORS : *départ de train, sifflements de locomotive, autos, klaxons, coups de freins, et un cri de douleur.*

Le bureau des « Renseignements » d'une administration. Une salle quelconque partagée en deux par une grille et un guichet : à droite, derrière le guichet, se trouve le « Préposé » assis à une table face au public. La table est surchargée de registres, de livres et d'objets divers. Dans un coin un poêle avec un tuyau biscornu. Au mur sont pendus le chapeau et le manteau du Préposé. Son parapluie, ouvert, sèche devant le poêle.
Côté « public », une porte au fond. À gauche de la porte, l'in-

---

1. Sévère et méprisant.

dication « Entrée ». À droite, l'indication « Sortie ». Un banc fait le tour de la salle.

Au mur, du côté du public, une grande pancarte sur laquelle on lit : « Soyez brefs ! » Du côté du Préposé, une pancarte analogue portant ces mots : « Soyons patients ! »

Au lever du rideau, le Préposé est plongé dans la lecture d'un livre. Il lit silencieusement en se grattant la tête de temps en temps avec un coupe-papier.

La porte s'entrebâille : apparaît la tête du Client, visage falot et inquiet, coiffé d'un chapeau déteint. Puis le Client s'enhardit et entre. Il est effroyablement timide et craintif. Il fait quelques pas sur la pointe des pieds et regarde autour de lui : en se retournant, il aperçoit les indications dont la porte est flanquée de part et d'autre : « Entrée » et « Sortie ». Il paraît hésiter un instant, puis sort comme il est entré : mais, aussitôt après, on l'entend frapper à la porte. Le Préposé, qui n'a, jusqu'à présent, prêté aucune attention au manège du Client, lève brusquement la tête, ferme bruyamment son livre et...

LE PRÉPOSÉ, *criant d'un ton rogue* : Entrez !

Le Client n'entre pas.

LE PRÉPOSÉ, *encore plus fort* : Entrez !

Le Client entre, plus terrifié que jamais.

LE CLIENT, *se dirigeant vers le guichet* : Pardon, monsieur... C'est bien ici... le bureau des renseignements ?

LE PRÉPOSÉ, *ouvrant bruyamment le guichet* : Ouin.

LE CLIENT : Ah ! Bon ! Très bien. Très bien... Précisément, je venais...

LE PRÉPOSÉ, *l'interrompant brutalement* : C'est pour des renseignements ?

LE CLIENT, *ravi* : Oui ! oui ! Précisément, précisément. Je venais...

LE PRÉPOSÉ, *même jeu* : Alors, attendez !

LE CLIENT : Pardon, attendre quoi ?

LE PRÉPOSÉ : Attendez votre tour, attendez qu'on vous appelle !

LE CLIENT : Mais... je suis seul !

LE PRÉPOSÉ, *insolent et féroce* : C'est faux ! *Nous sommes deux !* Tenez ! *(Il lui donne un jeton.)* Voici votre numéro d'appel !

LE CLIENT, *lisant le numéro sur le jeton* : Numéro 3.640 ? *(Après un coup d'œil à la salle vide.)* Mais... je suis seul !

LE PRÉPOSÉ, *furieux* : Vous vous figurez que vous êtes le seul client de la journée, non ?... Allez vous asseoir et attendez que je vous appelle.

> *Il referme bruyamment le guichet, se lève et va ouvrir le poste de T.S.F. Une chanson idiote (d'un chanteur de charme par exemple) envahit la scène. Le Client résigné va s'asseoir.*
>
> *Le Préposé inspecte son parapluie ; le jugeant sec à présent, il le referme et va le pendre au portemanteau. Puis il se taille un crayon, sifflote ou chantonne l'air qu'il est en train d'entendre, enfin, revient auprès du poste de radio et, en tournant le bouton, remplace la chanson par le bulletin météorologique.*

LA RADIO : Le temps restera nuageux sur l'ensemble du territoire, avec baisse de la température amenant un sensible rafraîchissement... *(À ces mots le Préposé remet du charbon dans le poêle et le Client remonte le col de son manteau.)* ... Quelques ondées intermittentes dans les régions pluvieuses, des tempêtes de neige sur les hautes montagnes, le beau temps persistera dans les secteurs ensoleillés. Vous venez d'entendre le bulletin météorologique.

> *Le Préposé arrête la radio, se frotte les mains longuement, va s'asseoir à sa table, ouvre le guichet et...*

LE PRÉPOSÉ, *appelant* : Numéro 3.640 ! *(Le Client, plongé dans une rêverie, n'entend pas. Le Préposé, appelant plus fort.)* J'ai dit : numéro 3.640 !

LE CLIENT, *sortant brusquement de sa rêverie et regardant précipitamment son jeton* : Voilà ! Voilà !

> *Il se lève et s'approche du guichet.*

LE PRÉPOSÉ : Votre jeton !

LE CLIENT : Oh ! Pardon ! Excusez-moi ! Voici.

> *Il rend le jeton.*

LE PRÉPOSÉ : Merci !

LE CLIENT : Monsieur, je venais précisément vous demander si...

LE PRÉPOSÉ, *l'interrompant* : Votre nom ?

LE CLIENT : Mon nom ? Mais je...

LE PRÉPOSÉ : Il n'y a pas de « je ». Quel est votre nom ?

LE CLIENT : Voici... Voici ma carte d'identité...

> *Il cherche dans sa poche et en retire un portefeuille... Mais le Préposé l'arrête.*

LE PRÉPOSÉ : Je n'ai pas besoin de votre carte d'identité ; je vous demande votre nom.

> *Le Client fait entendre un murmure indistinct.*

LE PRÉPOSÉ : Comment écrivez-vous cela ? Épelez, je vous prie !

LE CLIENT : M... U... Z... S... P... N... Z... J... A tréma... K... deux E... S... G... U... R... W... P... O... N... T... comme Dupont.

LE PRÉPOSÉ : Date et lieu de naissance ?

LE CLIENT, *dans un souffle* : Je suis né vers la fin du siècle dernier, dans l'Ouest...

LE PRÉPOSÉ : Des précisions ! Vous vous payez ma tête, non ?

LE CLIENT : Pas du tout, pas du tout, monsieur. Plus exactement je suis né à Rennes, en 1897.

LE PRÉPOSÉ : Bon, profession ?

LE CLIENT : Civil.

LE PRÉPOSÉ : Numéro matricule ?

LE CLIENT : Catégorie A-N° J 9.896. B4. CRTS. 740. U4. B5. AM. 3 millions 672 mille 863.

LE PRÉPOSÉ : Vous êtes marié ? Vous avez des enfants ?

LE CLIENT : Pardon, monsieur... Puis-je me permettre... de m'étonner un peu ? J'étais venu ici... pour demander des renseignements... et voilà que c'est vous qui m'en demandez !... Je...

LE PRÉPOSÉ : Vous me poserez des questions quand *votre* tour viendra... Je vous demande si vous êtes marié, si vous avez des enfants ! Oui ou non ?

LE CLIENT : Euh... oui... non... c'est-à-dire...

LE PRÉPOSÉ : Comment : c'est-à-dire ?

LE CLIENT : Enfin ! Ah ! C'est si contrariant ! Moi qui étais pressé...

LE PRÉPOSÉ : Alors, si vous êtes si pressé que cela, vous avez intérêt à répondre vite, et sans hésiter.

LE CLIENT : Eh bien oui, là, j'ai été marié et j'ai des enfants... deux enfants.

LE PRÉPOSÉ : Quel âge ?

LE CLIENT, *agacé, presque prêt à pleurer* : Oh ! je ne sais plus, moi... Mettez : dix ans pour la fille et huit ans pour mon garçon.

LE PRÉPOSÉ : Vous-même, quel âge avez-vous ?

LE CLIENT : Mais, je vous ai donné ma date de naissance tout à l'heure !

LE PRÉPOSÉ : La date de naissance et l'âge, ce n'est pas la même chose. Les deux indications ne figurent pas au même endroit sur la Fiche du Client.

LE CLIENT : Ah... parce que vous faites une fiche pour tous ceux qui viennent ici... vous demander des renseignements ?...

LE PRÉPOSÉ : Bien sûr ! Comment nous y reconnaître sans cela ?... Je vous ai demandé votre âge !... Allons...

LE CLIENT : Alors, attendez *(Il fait un calcul mental.)* 1952 moins 1897... 7 ôté de 12, reste 5, 89 ôté de 95 reste 16... cela fait, voyons, 5 et 16 = 21 ans, non, 16 et 5, 165 ans !... Non. Ce n'est pas possible... voyons, je recommence...

LE PRÉPOSÉ, *haussant les épaules* : Inutile ! J'ai fait le calcul : vous avez 55 ans exactement.

LE CLIENT : Oui, c'est cela, c'est cela ! Merci, monsieur !

LE PRÉPOSÉ : Que ne le disiez-vous plus tôt[1] ! C'est fou le temps que l'on peut perdre avec des clients inexpérimentés !... Maintenant, tirez la langue !

LE CLIENT, *tirant la langue* : Voilà !...

LE PRÉPOSÉ : Bon. Rien à signaler. Montrez-moi vos mains !

---

1. Pourquoi ne pas l'avoir dit plus tôt ?

LE CLIENT, *montrant ses mains* : Voilà !...

LE PRÉPOSÉ, *regardant attentivement* : Hum ! La ligne de Mort coupe la ligne de Vie. C'est mauvais signe... mais... vous avez la ligne d'existence ! Heureusement pour vous ! C'est bon. Vous pouvez aller vous asseoir.

LE CLIENT : Comment ? Je ne peux pas encore vous demander de renseignements ?

LE PRÉPOSÉ : Pas tout de suite. Attendez qu'on vous y invite.

Il referme bruyamment le guichet.

LE CLIENT, *désespéré et larmoyant* : Mais monsieur, je suis pressé ! Monsieur !... Ma femme et mes enfants m'attendent, monsieur... Je venais... vous demander des renseignements urgents, monsieur !... (*À ce moment on entend le sifflement d'un train au départ.*) Vous voyez que nous sommes dans une gare, monsieur, ou que la gare n'est pas loin ! Je venais précisément vous demander conseil pour un train à prendre, monsieur !

LE PRÉPOSÉ, *radouci, ouvrant le guichet* : C'était pour les heures des trains ?

LE CLIENT : Enfin oui, entre autres oui, d'abord pour les heures des trains, monsieur... C'est pourquoi j'étais si pressé !

LE PRÉPOSÉ, *très calme* : Que ne le disiez-vous plus tôt ! Je vous écoute.

LE CLIENT : Eh bien, voici : je voulais, enfin je désirais prendre le train pour Aix-en-Provence, afin d'y rejoindre un vieux parent qui...

LE PRÉPOSÉ, *l'interrompant* : Les trains pour Aix-en-Provence partent à 6 h 50, 9 h 30 (première et seconde seulement), 13 heures (billet de famille nombreuse), 14 heures (célibataires), 18 heures et 21 heures (toutes classes, tout âge, tout sexe).

LE CLIENT, *suivant son idée* : Merci, merci beaucoup !... Oui, je voulais rejoindre à Aix-en-Provence un vieil oncle à moi, qui est notaire et dont la santé, voyez-vous, décline de jour en jour, mais...

LE PRÉPOSÉ : Au fait, je vous en prie !

LE CLIENT : Bien sûr, excusez-moi. C'était pour arriver à ceci : je voudrais, enfin je souhaiterais serrer encore une fois dans mes bras mon vieux parent d'Aix-en-Provence, mais voilà que j'hésite vraiment entre cette direction et la direction de Brest ! En effet, j'ai à Brest une cousine également malade et ma foi, je me demande si...

LE PRÉPOSÉ, *catégorique* : Trains pour Brest : une Micheline à 7 heures, un Train Bleu à 9 heures, un Train Vert à 10 heures, un omnibus à 15 heures avec changement à Rennes. Train de nuit à 20 h 45, vous arrivez à Brest à 4 h 30.

LE CLIENT : Ah, merci, merci beaucoup, monsieur. Si j'en crois vos indications, je devrais donc aller voir ma cousine de Brest, plutôt que mon vieil oncle d'Aix-en-Provence ?

LE PRÉPOSÉ, *sec* : Je n'ai rien dit de ce genre. Je vous ai donné les heures des trains : un point, c'est tout.

LE CLIENT : Sans doute mais, ou je me trompe fort, ou il m'a semblé que vous manifestiez une certaine préférence, une sorte de préférence personnelle pour ma cousine de Brest et je vous en remercie, oui, je vous en remercie, bien que ce soit, en somme, au détriment de mon vieil oncle d'Aix, auquel je porte une affection qui...

LE PRÉPOSÉ : Mais enfin, monsieur, prenez toutes les décisions que vous voudrez ! C'est votre affaire, que diable ! Moi, je suis ici pour vous donner des renseignements ! *(Le*

Client ne répond pas. Le Préposé, encore agacé mais presque condescendant[1].) Mais enfin, monsieur, répondez!

LE CLIENT, *infiniment triste et doux* : Ce n'est pas à moi de répondre, monsieur... C'est à vous... Et moi qui aurais tant désiré un conseil pour savoir ce que je dois faire... ce que je dois faire... quelle direction prendre...!

UN HAUT-PARLEUR, *au loin, sur un ton étrange et rêveur* : Messieurs les voyageurs pour toutes directions, veuillez vous préparer, s'il vous plaît... Messieurs les voyageurs, attention... messieurs les voyageurs votre train va partir... Votre train, votre automobile, votre cheval vont partir dans quelques minutes... Attention!... Attention!... Préparez-vous!

LE CLIENT, *reprenant sa question* : Oui, je voudrais tant savoir quelle direction prendre... dans la vie... et surtout...

LE PRÉPOSÉ, *toujours rogue, lui coupant la parole* : Dépêchez-vous, je n'ai pas de temps à perdre! Que désirez-vous savoir?

LE CLIENT : Je n'ose vous le dire!

LE PRÉPOSÉ : On ne fait pas de sentiment ici!

LE CLIENT : Je croyais qu'au contraire dans les gares... Il y a tant d'allées et venues, tant de rencontres. C'est comme un immense lieu de rendez-vous...

LE PRÉPOSÉ : Vous avez donné rendez-vous à quelqu'un?

LE CLIENT : Heu, oui et non, c'est-à-dire...

LE PRÉPOSÉ : Une femme, naturellement?

LE CLIENT, *ravi* : Oui, c'est cela : une femme. Comment l'avez-vous deviné?

LE PRÉPOSÉ, *haussant les épaules* : Mais à votre costume, voyons!

LE CLIENT : Comment, à mon costume?

---

1. Méprisant, avec cependant une pointe de patience et de compréhension.

LE PRÉPOSÉ : N'êtes-vous pas habillé en homme ?

LE CLIENT : Bien sûr !

LE PRÉPOSÉ : J'en conclus que vous êtes un homme. Ai-je tort ?

LE CLIENT : Non, certes !

LE PRÉPOSÉ : Eh bien ! si vous êtes un homme, c'est une femme que vous cherchez. Ça n'est pas plus difficile que ça !

LE CLIENT : Quelle perspicacité[1] ! Et quelle simplicité dans ce raisonnement : un homme... donc une femme !

LE PRÉPOSÉ : Évidemment ! Mais quelle sorte de femme cherchez-vous ?

LE CLIENT : Une femme du genre « femme de ma vie ».

LE PRÉPOSÉ : Attendez que je consulte mes fiches. Voyons. Votre nom commence par *m* et finit par *t*... bon... *(Il feuillette ses fiches.)* Voici : une femme brune répondant au nom de Rita Caraquilla a traversé la rue à 15 h 45, allant dans la direction du Sud-Ouest. Est-ce cela ?

LE CLIENT : Je ne le pense pas. La femme de ma vie serait plutôt blonde... blonde tirant sur le châtain... Enfin, entre les deux.

LE PRÉPOSÉ, *cherchant encore dans ses fiches* : Alors, serait-ce plutôt celle-ci : Mlle Rose Plouvier, modeste... *(Regardant de plus près.)* Non, pardon ; modiste, franchira le porche de l'immeuble d'en face, demain à 9 heures du matin. Elle se rendra chez une cliente, Mme Couchois, qui...

LE CLIENT, *tristement* : Non ! Inutile, monsieur. Cela ne peut pas être cette personne : je ne serai plus ici.

LE PRÉPOSÉ : Dans ce cas, je regrette : nous n'avons personne, entre aujourd'hui 15 h 45 et demain 9 heures, qui réponde au signalement. Est-ce tout ?

---

1. Finesse d'esprit.

LE CLIENT : Non, ce n'est pas tout. Je voudrais savoir... ce que vous pensez, très exactement... de ma façon de vivre.

LE PRÉPOSÉ : Expliquez-vous ! Des détails !

LE CLIENT : Volontiers... Voici... Le matin, je me lève de bonne heure et j'absorbe un grand verre de café... Est-ce que c'est bon, cela, pour ma santé ?

LE PRÉPOSÉ, *doctoral et catégorique* : Ajoutez-y une petite quantité de lait. C'est préférable. Notamment pour la constipation.

LE CLIENT : Ah ! Bon ! Merci. Permettez que je note ?

> *Il prend rapidement des notes sur son calepin.*

LE PRÉPOSÉ : Continuez !

LE CLIENT : D'autre part, pour me rendre à mon bureau le matin, j'emprunte la voie ferrée dite « Métropolitain[1] »... et lorsque je peux m'asseoir (ce qui n'est pas toujours possible), j'ai coutume de lire un grand journal d'information.

LE PRÉPOSÉ, *durement* : Pour quoi faire ?

LE CLIENT : Eh bien, je ne sais pas, pour passer le temps, pour ne pas oublier l'alphabet... pour me tenir au courant...

LE PRÉPOSÉ : Au courant de quoi ?

LE CLIENT, *dans un souffle* : De tout... ce qui se passe... ici ou là !...

LE PRÉPOSÉ : Inutile ! Vous n'avez rien à savoir. D'ailleurs on ne peut pas tout savoir. Lisez plutôt un journal pour enfants. C'est excellent. Ça éclaircit le sang. On digère mieux et on engraisse moins.

LE CLIENT : Bien, monsieur. Bien. Je note également ce précieux conseil. *(Il note.)* Nous disons : café au lait... pour la constipation... journal d'enfants, pour la digestion... *(Sans*

---

1. « Métro » en est la contraction.

LE CLIENT : Je disais que...

LE PRÉPOSÉ, *résigné* : Je vous écoute.

LE CLIENT : Je... J'aurais encore une question à vous poser.

LE PRÉPOSÉ : Laquelle ?

LE CLIENT, *avec un air malicieux* : Celle-ci : à votre avis, quelle sera ma destinée[1] sur cette terre ?

LE PRÉPOSÉ : Pour que je puisse vous répondre, il me faut faire votre horoscope[2]. Une minute, je vous prie, voyons : *(Il cherche dans ses papiers.)* Ah ! un détail me manque. Quel mois, quel jour et à quelle heure êtes-vous né ?

LE CLIENT : Le 1er mai, à 21 heures 35.

LE PRÉPOSÉ : Bon ! Je vois ce que c'est : le Lion entrait avec la Vache dans la constellation du Vampire, et Galilée s'éloignait de Poséidon, mais les Quatre-Fils-Aymon s'avançaient royalement sur la Couronne de Méduse et le Paraclet faisait sa jonction avec Lucifer, lorsque Madame votre mère vous mit au monde.

LE CLIENT : Quoi ? Il s'est passé tant d'événements dans le ciel au moment de ma naissance ?

LE PRÉPOSÉ : Ne dites pas « au moment », dites : *pour ma naissance* !

LE CLIENT, *toujours souriant* : Et ce grand remue-ménage céleste, qu'est-ce qu'il prépare pour moi ?

LE PRÉPOSÉ, *glacial* : C'est selon.

LE CLIENT : Comment : c'est selon ? Est-ce qu'un destin peut changer « selon » les circonstances ?

---

1. Vie.
2. Déductions et interprétations sur l'avenir d'un individu basées sur l'observation de la carte du ciel au moment de la naissance de celui-ci. Les répliques suivantes du préposé parodient ce type d'études.

LE PRÉPOSÉ : Vous m'avez mal compris. Je voulais dire : selon vos questions, je répondrai.

LE CLIENT : Ah! Bon! Vous me rassurez!

LE PRÉPOSÉ, *inquiétant* : Il n'y a pas de quoi.

LE CLIENT, *commençant à s'inquiéter, mais riant faiblement pour se rassurer* : Vous alliez me faire croire que je n'avais pas de destin!

LE PRÉPOSÉ : Cela vaudrait peut-être mieux!

LE CLIENT : Trêve de plaisanteries!

LE PRÉPOSÉ, *pianotant sur sa table* : En effet!

LE CLIENT : Quelle question dois-je vous poser?

LE PRÉPOSÉ, *avec détachement* : S'il vous faut poser une question pour savoir quelle question vous devez poser, nous n'en finirons pas! Je ne suis pas le Sphinx[1]!... ni Œdipe[2]!

LE CLIENT : Évidemment.

LE PRÉPOSÉ : Ni vous non plus, d'ailleurs.

LE CLIENT : Bien entendu... Voyons... que vous dire... Ah! J'y suis : une bonne petite question banale, quelque chose qui ne soit pas urgent, qui me laisse tout mon temps devant moi, une question sur mon avenir : par exemple... Voici *(Hilare.)* : Quand mourrai-je?

LE PRÉPOSÉ, *avec un très aimable et très affreux sourire* : Enfin, nous y voici : mais, dans quelques minutes, mon cher Monsieur. En sortant d'ici.

LE CLIENT, *incrédule*[3] *et goguenard*[4] : Ah! Vraiment! Comme ça! En sortant d'ici? Pourquoi pas ici même?

---

1. Monstre fabuleux à tête et buste de femme, à corps de lion et ailes d'aigle, qui propose des énigmes et dévore ceux qui ne peuvent les résoudre.
2. Personnage de la mythologie grecque qui résolut l'énigme du Sphinx.
3. Qui ne croit pas, qui ne fait pas confiance.
4. Moqueur, ironique.

LE PRÉPOSÉ : Cela serait plus difficile, il n'y a pas ce qu'il faut. On ne meurt pas, ici !

LE CLIENT, *se montant* : Ah ! il n'y a pas ce qu'il faut ? Et votre poêle[1], il ne peut pas prendre feu, non ? ou bien nous asphyxier ? Et la maison ne peut pas s'écrouler sur notre tête, non ? Et... votre parapluie ? Et... votre porte-plume ? Et votre espèce de sale petite guillotine ?

> *Il désigne le guichet. Le Préposé le laisse tomber implacablement, puis le relève aussitôt.*

LE PRÉPOSÉ : Vous m'avez posé une question : j'ai répondu. Le reste ne me concerne pas.

LE CLIENT, *haussant les épaules* : Alors, je vais vous en poser une seconde : n'y a-t-il rien à faire pour éviter tout cela ?

LE PRÉPOSÉ, *implacable*[2] : Rien.

LE CLIENT, *toujours incrédule* : Rien du tout ? Absolument rien ?

LE PRÉPOSÉ, *irrévocable*[3] : Absolument rien !

LE CLIENT, *soudain démonté* : Bien... bien... je vous remercie. Mais...

LE PRÉPOSÉ : Mais quoi ? Je pense que c'est tout, n'est-ce pas ?

LE CLIENT : C'est-à-dire... je voulais encore vous demander quand... vous demander si... enfin comment...

LE PRÉPOSÉ, *l'interrompant* : Quand, si, comment ? *(Il hausse les épaules.)* Vous vous rendez compte, je suppose, que vos deux avant-dernières questions — ou plutôt mes

---

1. Grand fourneau de métal qui sert à chauffer une pièce.
2. Sévère, inflexible.
3. Définitif, que l'on ne peut contredire.

deux dernières réponses — rendent à peu près inutiles toutes les autres questions et réponses ? Du moins en ce qui vous concerne...

LE CLIENT, *atterré*[1] : C'est pourtant vrai !...

LE PRÉPOSÉ, *se montant un peu* : Si vous aviez commencé par là, vous nous auriez, à l'un et à l'autre, épargné bien du souci ! Et quel temps perdu !

LE CLIENT, *redevenu humble et tremblant, comme au début* : Comme c'est vrai, Monsieur ! Oh, pardonnez-moi ! La curiosité, n'est-ce pas !

LE PRÉPOSÉ, *bon diable*[2] *quand même* : C'est bon ! Mais n'y revenez plus, hein !

LE CLIENT, *déchirant* : Hélas !

LE PRÉPOSÉ, *pour sa propre justification* : Tous les renseignements que vous désiriez, je vous les ai donnés.

LE CLIENT, *obséquieux*[3] : C'est exact, Monsieur. Je vous remercie, Monsieur.

LE PRÉPOSÉ : Ne me remerciez pas, j'ai fait mon métier.

LE CLIENT : Oh ! ça c'est vrai ! Vous êtes un employé modèle.

LE PRÉPOSÉ, *modeste* : Je ne cherche qu'une chose : satisfaire la clientèle.

LE CLIENT : Merci, Monsieur, vraiment merci... Du fond du cœur... *(Il va à la porte, puis se ravise.)* Au fait, combien vous dois-je ?

LE PRÉPOSÉ, *grand et généreux* : Ne vous inquiétez pas de cela : vos héritiers recevront la petite note.

LE CLIENT : Merci. Merci beaucoup. Alors... au revoir, Monsieur...

---

1. Très abattu.
2. Expression qui désigne un brave homme sans méchanceté.
3. Maniéré, flatteur.

LE PRÉPOSÉ, *se levant, avec une sorte de respect funèbre*[1] : Adieu, Monsieur !

> *Le client sort très lentement, à regret, bien entendu... À peine a-t-il refermé la porte sur lui, on entend un bref appel de klaxon, un violent coup de frein et, presque en même temps, un hurlement de douleur. Le préposé écoute un instant, hoche la tête et va à son poste de T.S.F. On entend une « chanson de charme » à la mode. Puis il va s'asseoir à son bureau et se plonge dans ses papiers.*

RIDEAU

---

1. Qui a rapport à la mort. Sinistre.

L'Épouvantail

Impromptu de Cerisy

Monologue de plein air

La scène représente — ou symbolise — une grande plaine cultivée et déserte, à la fin d'un après-midi d'automne.

Au premier plan se dresse un « épouvantail » classique : une sorte de mannequin simulant « un bonhomme », de haute taille.

Il est habillé de vêtements en loques (faits de pièces rapportées très colorées), rembourrés de paille et de chiffons.

Il a les bras en croix, ses mains sont faites de vieux gants déchirés. Sa tête, où l'on ne voit guère que de la barbe et des moustaches hirsutes [1], ainsi qu'une broussaille de sourcils, est recouverte d'un vieux chapeau de feutre troué.

Il parle d'une voix enrouée, traînarde, un peu comme un ivrogne.

On peut lui donner un accent de terroir — berrichon, bourguignon ou auvergnat par exemple — avec, parfois, des accents rageurs.

Nota : L'acteur qui tient le rôle aura eu soin de « truquer » son déguisement de façon à dissimuler ses bras le long du corps, sous les haillons.

---

1. À l'aspect touffu, désordonné.

Ses « bras d'épouvantail » seront soutenus par un bâton passé horizontalement derrière les épaules et enfilé dans les manches.

Lorsque le rideau se lève ou s'écarte, et que la lumière l'éclaire peu à peu, l'Épouvantail est en train de grommeler quelques mots indistincts[1], coupés de grognements.

Il bâille longuement.

L'ÉPOUVANTAIL,
*d'une voix d'abord empâtée[2] et sourde[3]
puis de plus en plus distincte.*

Bonsoir de bonsoir, comme je m'ennuie
dans cette plaine sans fin
où ne passe pas un homme pareil à moi !

Avec un hoquet de hargne et de dérision.

Pareil à moi l'Épouvantail.

*Un temps.
On entend le vent puis un petit sifflement intermittent[4].*

Debout et solitaire par tous les temps,
les gens du village m'ont planté là
pour faire peur aux oiseaux pillards
pour les empêcher de voler le grain des semailles
puis le grain qui mûrit puis le grain de la moisson.

Il bâille de nouveau.

Chaque année on me porte jusqu'ici
sur le chariot de la ferme

---

1. Incompréhensibles.
2. Qui manque de netteté, à la prononciation indistincte.
3. Étouffée, peu sonore.
4. Irrégulier.

et c'est une fête pour tous —
putains de charognes[1] —
quand ils me dressent au-dessus des champs,
où je dois rester vigilant et immobile, pendant que la terre
    fait la moitié de son tour !
Les enfants rient, ils battent des mains
sans prendre garde à ma misère,
au soleil qui va me brûler
au froid et à la pluie qui vont me geler !
Ensuite, adieu tout le monde, on s'en va
en me souhaitant bonne chance par dérision[2]
car je reste seul au milieu des labours
avec mes vêtements pleins de trous
sans pouvoir faire un pas. Voyez !
Le vent qui me secoue sans pitié
fait tournoyer mon vieux chapeau en loques
trembler mes longs bras bourrés de paille
et résonner un drôle de sifflet logé dans ma tête :
c'est là tout le mouvement qui m'est permis.

> *Une rafale de vent fait résonner trois ou quatre fois le sifflet.*
> *L'Épouvantail pousse un long soupir.*

Je me souviens d'autrefois
quand j'étais un enfant comme les autres
avec des jambes des bras, des yeux qui bougent.
Je montais dans le grenier de la maison
j'ouvrais les vieux coffres poussiéreux
pleins de souvenirs des ancêtres
j'y trouvais des habits anciens.

---

1. Individus au comportement odieux (sens figuré).
2. Ironie, moquerie.

Surtout me plaisait l'uniforme de Garde national[1]
de l'arrière-grand-père, du temps du Roi-Bourgeois[2].
Il y avait l'habit de drap noir très lourd
avec les épaulettes comme une barbe rouge
le shako[3] très haut le baudrier[4] de cuir blanc
et le sabre le grand sabre mal aiguisé.

Un soupir.

Bonsoir de bonsoir, c'était le temps de jadis[5].
En catimini[6], j'emportais la défroque[7] sur le pré
derrière l'écurie. Caché par les pommiers
je m'habillais avec cérémonie[8]
et tout le jour je remportais des victoires
sur ces ennemis terribles
que sont les pissenlits les reines des prés
les mouches bleues, les papillons jaunes et blancs dans le
  soleil.
J'étais déjà l'Épouvantail
mais pour moi-même seulement
et pour la gloire d'être en vie.

Un temps.
Quelques cris d'oiseaux se font entendre :
moineaux, alouettes, corbeaux, etc.

---

1. Soldat issu d'un groupe de citoyens créé en 1789 afin de sécuriser Paris puis la France face à la vague révolutionnaire.
2. Louis-Philippe, roi des Français de 1830 à 1848, soutenu par la bourgeoisie.
3. Coiffure militaire rigide et à visière, encore portée de nos jours par les gardes républicains ou les saint-cyriens.
4. Bandoulière portée en diagonale sur le torse et qui sert à soutenir le sabre ou l'épée.
5. Passé lointain.
6. Discrètement.
7. Vêtements prévus pour un corps de métier ou vêtements laissés par un défunt.
8. Sérieusement, avec solennité.

Le temps a passé. Maintenant encore
je dois gagner des batailles
mais je me bats contre ceux que j'aime,
on me les a désignés comme ennemis :
c'est l'alouette qui chante si haut qu'on ne la voit pas
les moineaux bavards et rieurs, les étourneaux
qui s'abattent par bandes sur les terres
les merles inspirés les hirondelles ivres de vitesse
et les corbeaux dont l'habit noir a des reflets bleutés.
Moi je suis le soldat à l'avant-poste
mais je n'ai plus le beau costume de l'ancêtre
et souvent je trahis. Quand le vent renonce à me secouer
je laisse les chanteurs à bec et à plumes
se gorger de froment se rassasier d'avoine
et je ris sous mon chapeau troué. Quel bon tour
je joue aux villageois, mes geôliers[1], mes tortionnaires !

Il rit d'un rire gras et bref. Un temps.

C'est ainsi que la large plaine
où il fait si bon respirer l'espace
où chaque saison laisse un sillage embaumé,
on me l'a changée en prison par un jugement sans appel
et certes il n'est pas de pire châtiment[2]
que cette solitude sans fin
et le mutisme[3] de ce monde

Avec véhémence[4], en regardant le ciel.

Pourquoi oh pourquoi m'avez-vous abandonné ?

---

1. Gardiens de prison.
2. Punition.
3. Silence.
4. Emportement.

Un temps.

On entend l'Épouvantail bougonner dans sa barbe.

Le paragraphe qui suit sera dit avec un « crescendo » progressif.

À défaut de réponse
j'attends l'orage comme une promesse
de délivrance, de révolte.
Je flaire le moment d'être libre
de m'en aller d'ici pour toujours.
Quand l'ouragan s'annonce au ras du sol
par le frémissement de l'herbe
quand les nuages deviennent sombres
quand l'éclair déchire d'un coup la toile de l'horizon
quand le tonnerre roule ses barriques
quand la pluie s'abat torrentielle
quand le grand fracas libérateur
fait craquer mes jointures de bois,
alors je hurle à l'été qui me tue :
je suis ta victime reconnaissante.
Si la foudre me consume, tant mieux !
J'aurai joué mon rôle, otage solitaire et fracassé
car ce que je protège
ce ne sont pas seulement les semailles
c'est l'homme, l'homme tout entier.
Son crime, je l'assume.
Moi le plus misérable de tous
j'en fais mon affaire ! À cause de moi
il peut continuer à vivre, à aimer pour se reproduire
et pour répandre toujours davantage
l'épouvante sur toute la terre
jusqu'à la fin de cette race
à la fois maudite et sacrée...

> *Un temps, comme s'il reprenait sa respiration.*
> *La lumière baisse rapidement, la nuit approche.*

En attendant ce qui doit venir
et qui jamais ne se montre
dans l'espérance et dans la crainte
passent les saisons. Le printemps s'éloigne de moi
puis l'été qui a mûri les moissons
grâce à moi et malgré moi.
Vient le moment de la récolte.
Au bruit des essieux qui crient
s'approche le charroi[1] des moissonneurs
mais ils sont aussi taciturnes[2]
que les arbres et les cailloux.
Même en mangeant le pain sauvé des oiseaux
même en buvant le vin volé aux vignobles
ils ne savent que dire :
ils regardent le ciel
avec reproche, avec inquiétude
et ils hochent la tête avant de rentrer chez eux.

> *Un temps.*

L'automne arrive avec ses ombres.
Les enfants ont grandi, ils ne me jettent plus de pierres
ils sont silencieux, eux aussi,
devant les livres de classe, à la lueur de la lampe.
Quelquefois, devenu inutile on m'emporte
on me jette dans la grange sur un tas de bois
on m'oublie et je me morfonds[3], toujours seul

---

1. Convoi de chariots.
2. Silencieux.
3. J'attends longuement dans l'ennui.

jusqu'au printemps prochain.
Souvent aussi on me laisse là
pour que je crève,
héros et victime dérisoire [1]
d'une guerre dépassée.

> *Un ton plus bas, avec un accent qui tient à la fois de la confidence et d'une ruse enjouée [2], pendant que l'obscurité s'accroît.*

Mais ça n'est pas si simple!
Je vais vous raconter ce qui m'advient en secret!
Ne le dites à personne!
Je me secoue, je me secoue
mais, cette fois, sans avoir besoin du vent
et voilà que peu à peu
je retrouve mes deux jambes d'homme
je retrouve la joie d'être debout
et de changer de place à mon gré [3]!
Je m'arrache à cette terre
que j'étais chargé de défendre
et qui ne m'a jamais récompensé
et je me mets à marcher jusqu'au chemin
à faire sonner sur les pierres mes vieux talons ferrés [4].

> *Il s'étire en respirant à pleins poumons.*

Ah, que c'est bon de renaître!
Elle m'entend,
ma sœur aveugle et muette, la Nuit,
ma grande amie

---

1. Négligeable, insignifiante.
2. Joyeuse.
3. Selon mon désir.
4. Consolidés de pièces de fer.

qui vient des origines
et s'en va je ne sais où
comme moi.
Alors je n'ai pas de plus grand bonheur,
pour croire encore que j'existe,
que d'éveiller la colère d'un chien
évadé d'une ferme voisine.
Lui aussi joue son rôle de défenseur imbécile,
pour lui tout ce qui bouge est l'ennemi.
Il me suit de près avec son jappement[1].

> *La nuit est maintenant totale.*
>
> *On distingue toutefois — très vaguement — la silhouette de l'Épouvantail qui s'ébranle et se met lentement en marche vers les coulisses.*

Mais je n'ai pas peur. Qu'est-ce que ses crocs
pourraient arracher de plus à mes haillons ?
Et qu'est-ce qui fait le plus peur à tout le monde
l'aboiement d'un chien
ou l'ombre d'un homme ?

> *On entend s'éloigner des pas lourds suivis d'un aboiement de chien hargneux.*

FIN

---

1. Aboiement aigu.

DOSSIER

Du tableau

au texte

Sophie Barthélémy

Du tableau au texte

Le Couple en dentelle
de Max Ernst

… un rêve où réalité et artifice se confondent pour créer une image insolite et troublante…

Composé comme une énigme ou un rébus onirique cher aux surréalistes, ce tableau, qui est en réalité un collage peint, nous plonge au cœur de l'inconscient de Max Ernst dont il est une transcription visuelle prélevant certains éléments et archétypes à la réalité. Mais cette réalité est ici transcendée, transgressée, pour devenir une réalité parallèle, autre, celle de l'univers intérieur du peintre : un monde étrange avec ses codes et ses signes cabalistiques échappant à tout décryptage dicté par la raison… un monde nourri des réminiscences de l'enfance et des fantasmes érotiques issus de l'imaginaire masculin…

La scène représentée ici semble sortir tout droit d'un rêve où réalité et artifice se confondent pour créer une image insolite et troublante. Le temps et l'espace échappent à toute référence tangible : on ne sait si la scène se passe à l'intérieur ou à l'extérieur et l'artificialité du décor, comme celle des personnages, ne donne aucune indication sur l'époque et le lieu. Seule l'espèce de palissade, ou de paravent rouge, devant laquelle se profile la silhouette jaune d'une façade percée de deux fenêtres apporte un semblant de matérialité, mais cette fragile et improbable architecture qui clôt arbitrairement l'espace à droite de la toile semble elle-même échapper à toute logique de construction.

... deux personnages stylisés échappant à notre vision conventionnelle de l'humanité...

Le reste du décor se limite à ce fond neutre de couleur bleue — ciel d'azur ou tenture de salon ? — et à cette estrade de couleur brique sur laquelle s'affrontent deux personnages hybrides et fortement stylisés échappant, eux aussi, à notre vision conventionnelle de l'humanité. Pourtant, aussi désincarnés et asexués soient-ils à première vue, ces robots ou ces mannequins en papier découpé n'en forment pas moins une entité humaine et sociale bien réelle. Il s'agit d'un couple où l'homme et la femme sont clairement identifiés par leurs attitudes et leurs codes vestimentaires : robe ou jupe pour la femme, à gauche, pantalon pour l'homme dont la main est tendue en direction de sa compagne. Doit-on y lire un geste de tendre sollicitude envers l'être aimé ou, au contraire, un geste d'autorité du mâle dominant ? Encore une fois, l'interprétation reste ouverte. Toutefois, le fait que le personnage féminin soit privé de bras — métaphore de la soumission ou de la castration ? — n'est sans doute pas anodin, surtout quand on sait que l'incomplétude des corps féminins est un thème récurrent de l'imagerie surréaliste. La dualité dominant/dominé est elle-même formelle : par sa facture plus graphique que picturale, la figure féminine, silhouette en noir et blanc, s'efface devant celle de l'homme, plus colorée et chatoyante, avec son curieux visage jaune vif et son justaucorps bleu ciel.

... l'extrême dépouillement du décor...

Le peintre brouille encore davantage les pistes en jouant sur l'ambiguïté du mythique clivage féminin/masculin. Si la féminité est suggérée, d'une manière conventionnelle, par des contours plus sinueux et le large arrondi de la jupe d'infante tandis que la virilité est matérialisée par des traits plus rectilignes, l'homme a ce petit déhanché maniéré qui instaure une troublante complicité avec les hanches généreuses de la femme.

Chez l'homme, comme chez la femme dont on devine toutefois l'ébauche d'un nez et d'une bouche, les traits du visage sont très sommairement esquissés et se résument à cette petite bille noire suggérant un œil vu ici de profil. Motif cher à l'iconographie surréaliste qui en fit parfois volontiers un élément hypertrophié et isolé, l'œil est, en effet, perçu comme le « miroir du corps » et la « serrure des rêves ». Comment, pourtant, accéder aux songes les plus secrets de l'artiste à travers cet œil rond, fixe et inexpressif ?

Le traitement très décoratif des costumes renforce encore cette gémellité trouble entre les deux personnages affublés de dentelles et autres falbalas, comme ces passementeries à pompons surgissant d'une manière incongrue de la tête de l'homme : faut-il voir là une dénonciation ironique du culte des apparences ou, plus simplement, une fantaisie purement formelle de la part du peintre ? Associée traditionnellement à la délicatesse et à la fragilité, la dentelle apparaît ici davantage comme une armure dissimulant pudiquement les corps de ces deux pantins inanimés. La froide mécanique qui s'en dégage fait écho à l'extrême dépouillement du décor qui rappelle une scène de théâtre. Sur cette scène où tout semble sonner faux à première vue — coloris et jeux d'échelle arbitraires, proportions fantaisistes, personnages de carton-pâte — se joue pourtant toute la tragi-comédie du couple et de l'incommunicabilité des êtres. La femme, aux membres amputés ou atrophiés, à laquelle répond le geste suspendu de l'homme dont la main reste à distance du corps féminin fantasmé, apparaît ainsi comme la métaphore du refoulement du désir. Ce désir dont André Breton, partisan de « l'amour fou » et absolu, disait qu'il est le « seul ressort du monde »…

Le Couple en dentelle ou de la fragilité de la relation érotique et amoureuse ?

… le « rapprochement en quelque sorte fortuit de deux termes » qui fait jaillir « la lumière de l'image »…

Quand il réalise cette œuvre en 1925, Max Ernst est alors installé depuis trois ans à Paris où il est l'un des tout premiers artistes à rejoindre le groupe surréaliste dont il devient un membre actif jusqu'en 1938. Aux côtés d'Arp, de Miró, Chirico, Klee, Masson, Man Ray et Picasso, il participe cette année-là à la première exposition collective du groupe à la galerie Pierre. Fondateur, avec Jean Arp et Theodor Baargeld, du mouvement dada de Cologne en 1920, le jeune artiste allemand ressent immédiatement une fraternité artistique avec le surréalisme français dont il partage l'esprit frondeur et iconoclaste. Ses premiers collages, inspirés de Giorgio de Chirico, sont exposés dès 1921 à Paris grâce au soutien d'André Breton qui le reconnaît d'emblée comme un membre à part entière du groupe. Breton est surtout fasciné par le « merveilleux » produit par Ernst grâce au « rapprochement en quelque sorte fortuit de deux termes » qui fait jaillir « la lumière de l'image ». Véritable alchimiste visuel, celui que l'on surnomma « le Léonard du surréalisme » fut un insatiable et génial inventeur d'images. Pendant dix ans, il expérimenta divers supports et matériaux qu'il s'amusa à associer, jouant sur la multiplicité de sens afin d'échapper à tout « contrôle exercé par la raison », pour reprendre la célèbre définition du surréalisme proclamée dans le *Manifeste* de 1924. Depuis les assemblages de clichés et de gravures retouchées de 1919 jusqu'aux romans-collages de 1929, en passant par les techniques du frottage en 1925 et du grattage, expérimenté avec la complicité de Joan Miró, en 1926, Ernst parvient à créer des œuvres fantasmatiques et oniriques qui le situent au-delà de la peinture purement descriptive ou abstraite. En cela, il s'apparente à l'écriture automatique des écrivains surréalistes dont ses collages sont les équivalents plastiques.

… La même vision à la fois sublimée et fantasmée de la femme…

Ce goût pour les jeux d'associations visuelles à l'incongruité poétique et cette croyance en la toute-puissance du hasard n'étaient toutefois pas le seul point de rencontre entre Max Ernst et ses amis surréalistes avec lesquels il partageait aussi les mêmes obsessions érotiques et la même vision à la fois sublimée et fantasmée de la femme. Fasciné par le sexe opposé et séducteur invétéré, l'artiste multiplia les conquêtes amoureuses et les mariages. Parmi ses liaisons les plus célèbres et les plus passionnées, citons Gala, alors épouse de Paul Éluard avant d'être la muse et compagne de Dalí, l'artiste britannique Leonora Carrington ou encore la riche mécène Peggy Guggenheim.

On comprend dès lors pourquoi l'image de la femme et du couple, qu'il soit légitime ou non, ait occupé une place si prégnante dans son œuvre plastique, d'*Œdipus Rex* (1922) au *Couple zoomorphique* (1933), en passant par *La Femme chancelante* (1923), *Les Diamants conjugaux* (1926) ou *Une nuit d'amour* (1927).

Réalisé seulement trois ans avant *Le Couple en dentelle*, *Œdipus Rex* prête à l'homme et à la femme les traits de deux figures zoomorphes à tête d'oiseau, motif particulièrement cher à l'artiste, mais ici les yeux bordés de longs cils ont paradoxalement une apparence humaine. Chez Ernst, la femme est souvent vulnérable : en équilibre précaire dans *La Femme chancelante* ou les bras amputés dans *Le Couple* de 1925. En lui prêtant les traits d'un oiseau, d'une machine ou d'une poupée en carton, l'artiste donne à voir sa traduction poétique et métaphysique du désir charnel et amoureux.

Il n'est peut-être pas impossible d'identifier dans ce fragile couple en dentelle Ernst lui-même et Gala Éluard. C'est en 1921 que l'artiste rencontre à Cologne les deux Français, alors mariés depuis quatre ans. Un an plus tard, il devient l'amant de Gala. En adeptes de l'amour libre célébré par les surréalistes, les amis font rapidement ménage à trois, partageant expériences artistiques et érotiques. Toutefois ici, le trio est devenu un duo mettant face à face une femme et un homme.

Ernst se souvient-il, un an après sa rupture avec Gala, de cet amour impossible ou a-t-il voulu recomposer le couple binaire que formaient Gala et Paul Éluard avant son intrusion ? À moins qu'il ne s'agisse plus simplement de l'image universelle du couple que lui inspirait sa propre vie amoureuse ?

Au-delà même du couple et de la relation sexuelle, c'est la question plus universelle de l'identité et de la communication qui est au cœur des préoccupations de l'artiste, sans doute marqué par ses études de psychanalyse à l'université de Bonn et peut-être aussi par le métier de son père qui enseignait à des sourds-muets.

… Ce constat lucide et désenchanté de l'incommunicabilité du couple et de l'humanité sous toutes ses formes…

Ce constat lucide et désenchanté de l'incommunicabilité du couple et de l'humanité sous toutes ses formes, le peintre Max Ernst le partageait avec le poète et dramaturge Jean Tardieu qui en fit l'un des arguments favoris de ses fables absurdes, au carrefour du burlesque et du lyrisme. Dans *Oswald et Zénaïde ou Les Apartés*, les deux jeunes amants, tels des infirmes de la communication, ne s'échangent à voix haute que des tirades laconiques et d'une affligeante banalité sur le temps et les saisons, mais livrent au public — miroir de leur propre conscience ? — leurs états d'âme les plus intimes en des apartés fiévreux virant le plus souvent à un délire proche des collages et des écrits automatiques des surréalistes. « La canne de mon oncle avait un pommeau d'or, la marquise sortit à 5 heures : ma raison s'égare ! » s'exclame ainsi Zénaïde au moment crucial des adieux, faisant écho aux propres digressions délirantes et comiques de son compagnon dont les repères géographiques ont littéralement explosé : « Au Congo, les Lapons s'assemblent sur la banquise ; en Chine, les Bavarois vont boire de la bière dans les tavernes ; au Canada, les Espagnols dansent la séguedille… »

L'égarement des deux personnages leur fait oublier leur propre langue, l'un parlant italien, l'autre lui répondant en anglais et l'incommunicabilité virant à l'incompréhension la plus totale : « Quel bizarre langage ! Je ne comprends pas ce qu'il dit… » « Quelle est cette langue inconnue ?… » Paradoxalement, c'est au moment où les deux jeunes tourtereaux apprennent de la bouche du père de Zénaïde que leurs familles ne s'opposent plus à leur union et qu'il ne s'agissait là que d'une feinte destinée à éprouver la sincérité réciproque de leur amour, que l'absence de communication est à son comble. D'ailleurs, les apartés reprennent de plus belle à la fin de la pièce…

Dans *La Mort et le Médecin* ou *Le Style enfantin*, l'incommunicabilité et la fragilité du couple, suggérée par l'infidélité de l'homme, surgissent à nouveau au détour de dialogues apparemment absurdes et légers. Le comique, né autant de situations vaudevillesques que des procédés de langage et de la fausse naïveté enfantine du style, ne saurait cacher le sérieux et la noirceur du propos : l'amour est indissociable de la mort, selon le fameux couple Éros et Thanatos, incarnée ici par l'implacable Dame du métro venant chercher son mâle tribut…

« ... Il n'est pas de pire châtiment que cette solitude sans fin et le mutisme de ce monde... »

L'incommunicabilité est encore au rendez-vous dans deux autres pièces du recueil. L'échange entre Monsieur A et Madame B, deux personnages « quelconques » et anonymes, jusqu'à leur nom réduit à une simple lettre de l'alphabet, consiste ainsi en interjections passionnées et chaque fois interrompues dans *Finissez vos phrases !* : « une heureuse rencontre », certes, comme le suggère le sous-titre de la pièce, mais où l'élan entre les êtres reste suspendu et inachevé, à l'image du couple de Max Ernst.

Dans *De quoi s'agit-il ?*, la communication tourne en rond à force de malentendus sur l'objet du litige au sein du couple : les Poutre sont venus témoigner contre un agresseur imaginaire, et le juge semble investi d'une autorité divine. Dans *Le Guichet*, la difficile communication entre le préposé et le timide client évolue progressivement de la parodie kafkaïenne sur les absurdités de l'administration à un échange métaphysique pour le moins décalé. Même les amoureux mystiques du *Sacre de la nuit*, tout à leur ravissement de communier avec le cosmos, ne se regardent pas, l'homme faisant face au public et la femme décrivant ce qu'elle voit par la fenêtre.

La solitude de l'être est à son comble dans *L'Épouvantail* dont la complainte désespérée semble résumer à elle seule toute la misère de la condition humaine : « ... Il n'est pas de pire châtiment que cette solitude sans fin et le mutisme de ce monde... » Cette poupée de chiffon, dont l'ambition est de retrouver une dignité humaine et de courir à travers champs, n'est pas sans rappeler les mannequins en carton-pâte de Max Ernst, livrés eux aussi à l'impuissance et à l'immobilité.

… « *Grand gigoteur de mots, détourneur de sens et secoueur de raison jusqu'à la perdre* »…

Mais ce qui rapproche le plus Max Ernst de Jean Tardieu, au-delà de ce même humanisme désenchanté, c'est leur goût commun pour l'expérimentation et leur passion respective pour les jeux visuels et langagiers. Si l'artiste surréaliste aimait par-dessus tout perturber la vision du spectateur par la combinaison insolite d'images disparates, le poète français trouvait une véritable délectation dans le « tohu-bohu » du langage dont il avait découvert le pouvoir fascinant et tragique dès l'âge de dix-sept ans : « Grand gigoteur de mots, détourneur de sens et secoueur de raison jusqu'à la perdre, Jean Tardieu plonge sous le langage et s'aperçoit qu'il dit rarement ce qu'il veut dire… », disait Jean-Michel Ribes en 2003. Tous deux ont l'art de faire basculer la réalité la plus banale dans l'imaginaire le plus débridé, cherchant le sens dans le non-sens, l'épouvante dans le burlesque et la vérité cachée des choses. Chez l'un, comme chez l'autre, c'est du hasard que naissent à la fois l'humour et la poésie. Les courtes pièces de Tardieu bousculent ainsi invariablement nos codes et nos repères, remettant en cause avec jubilation les conventions du théâtre de boulevard du XIXe siècle. Dans *Un geste pour un autre*, les personnages courent après leur propre identité. La réception mondaine de Mme de Saint-Ici-Bas, « l'un des salons où l'on tousse et crache le mieux du monde », vire à la farce la plus loufoque tant tous les usages de la bonne société sont détournés, voire littéralement piétinés !

… *« J'essaie de mélanger mes mots comme des couleurs »*…

Si les surréalistes avaient une approche intellectuelle et psychanalytique de la peinture, Tardieu avait lui-même une appréhension esthétique et sensuelle du langage : « J'essaie de mélanger mes mots comme des couleurs, ou bien de les faire sonner comme des notes de musique… » Pour ce fils de peintre qui « avait humé dès l'enfance la bonne odeur de l'huile et des couleurs », cette sensibilité artistique était pour ainsi dire innée. Sa relation avec les surréalistes, née dans le contexte de la guerre et de la résistance intellectuelle, s'était nourrie de ses amitiés avec Paul Éluard et Max Ernst qu'il qualifiait d'« être merveilleux et lumineux ». À la fin de sa vie, Tardieu réaffirmera d'ailleurs sa dette envers le surréalisme : « Il y a une évolution qui donne le sentiment d'un retour en arrière : nous sommes dans une période difficile. Les peintres eux-mêmes sont las de l'abstraction. Le surréalisme dépassait la banalité du quotidien mais sans exclure les figures, comme Max Ernst par exemple. […] Le surréalisme a eu, sur moi, une influence durable mais pas systématique même si je me suis senti très proche… »

... Tous deux s'étaient inventé un double qui leur permettait d'exprimer leurs fantasmes et leurs délires les plus fous...

L'écrivain ne dissociera jamais son œuvre littéraire de sa carrière de critique d'art. Ses premières pièces de théâtre paraissent ainsi parallèlement au cours des années 1950-1960 à ses premiers textes consacrés à des artistes contemporains qui sont pour la plupart ses amis (Pablo Picasso, Raoul Dufy, Nicolas de Staël, Paul Klee, Max Ernst, Pierre Alechinsky, Jean Bazaine, Hans Hartung, Alberto Giacometti ou encore Pol Bury). On lui doit aussi quelques proses poétiques inspirées par la peinture moderne, *De la peinture abstraite* (1960) aux *Portes de toiles* (1969). *L'Obscurité du jour*, bilan de sa démarche créatrice, paru en 1974, est illustré par six lithographies de Max Ernst qui, comme beaucoup d'artistes de son temps, bouleversa la relation entre art et littérature en faisant éclater les limites traditionnellement assignées au livre illustré et au livre de peintre.

Au-delà de toutes leurs accointances intellectuelles et artistiques, Tardieu et Ernst partageaient en outre la même névrose schizophrène ; tous deux s'étaient inventé un double qui leur permettait d'exprimer leurs fantasmes et leurs délires les plus fous : d'un côté, l'étrange professeur Frœppel, sorte d'encyclopédiste fou passionné par le langage des végétaux et le sens de l'univers ; de l'autre, une créature hybride, mi-homme mi-oiseau, affublée du nom comique de Loplop. Chez l'écrivain, comme chez l'artiste, le fantastique est au service de la poésie...

DOSSIER

Le texte
───────────────
        en perspective

Nicolas Saulais

SOMMAIRE

Vie littéraire : Le théâtre après la Seconde Guerre mondiale — **135**
1. Sous l'Occupation, le théâtre résiste — 136
2. Le théâtre de l'après-guerre : de l'air frais ou de l'or fin ? — 137
3. L'absurde, un rire grinçant — 141

L'écrivain à sa table de travail : Un besoin de rire avec les mots — **146**
1. Lumineuse nuit : l'homme face à son œuvre — 147
2. Le langage observe le langage — 151
3. La mort qui pleure, la mort qui rit — 155

Groupement de textes thématique : Le théâtre de l'absurde — **160**

Alfred Jarry, *Ubu Roi* (161) ; Eugène Ionesco, *La Leçon* (163) ; Roland Dubillard, *La Poche et la Main* (164) ; Raymond Devos, *Parler pour ne rien dire* (166) ; Jean-Michel Ribes, *Théâtre sans animaux* (168)

Groupements de textes stylistique : L'art du discours — **171**

Pierre de Ronsard « Comme on voit sur la branche » (171) ; Georges Jacques Danton, *Appel à l'assemblée législative* (2 septembre 1792) (172) ; Charles de Gaulle, *Appel du 18 juin 1940* (174)

Chronologie : Jean Tardieu et son temps — **176**
1. Harmonie et curiosité : la formation — 176
2. Vers une vocation multiple — 179
3. Vers la reconnaissance — 183

Éléments pour une fiche de lecture — **186**

Vie littéraire
Le théâtre après la Seconde Guerre mondiale

POUR COMPRENDRE LE THÉÂTRE de l'après-guerre, il convient de voyager un court instant dans le temps. La peinture des faiblesses humaines a toujours inspiré les dramaturges, c'est-à-dire les auteurs de pièces de théâtre, et s'inscrit dans une double mission, le divertissement et la réflexion. Le rire est presque une «leçon agréable», offrant au spectateur un miroir qui lui présente ses propres défauts, ou ceux de la société. Parfois, les auteurs critiquent même le pouvoir. Au XVIIe siècle, Molière a ouvert la voie, redonnant éclat et dignité au genre comique. Au siècle suivant, Beaumarchais et ses critiques sociales ou Marivaux dans son expression du sentiment amoureux prolongent ce genre. C'est un théâtre de boulevard qui se développe autour d'Eugène Labiche, de Georges Feydeau ou de Georges Courteline dans la seconde moitié du XIXe siècle. Les intrigues, parfois drôles, souvent cruelles, révèlent des personnages de vaudeville, des petits-bourgeois plongés dans des situations amoureuses ou financières délicates. Après la Première Guerre mondiale, Sacha Guitry, Jules Romains ou Marcel Pagnol marquent une volonté de distraire, bousculant avec humour la société. Ils rendent les planches particulièrement populaires. Après eux, deux auteurs ciblent la bêtises des hommes : Roger Vitrac s'inscrit dans une veine surréaliste et tragique (*Victor ou les Enfants au pouvoir*, 1929), tandis que Jean Giraudoux revisite les mythes occidentaux avec *La guerre de Troie n'aura pas lieu* (1935). À l'aube d'un nouveau conflit mondial le rire est grinçant .

1.

Sous l'Occupation, le théâtre résiste

Pendant la Seconde Guerre mondiale, la zone libre (non occupée par les Allemands), située au sud de la France, voit fleurir de nombreux projets théâtraux durant quatre ans. Pierre Schaeffer fonde, en novembre 1940, un mouvement culturel, «Jeune France», dont la mission est d'aider de jeunes artistes à monter des projets variés (concerts, pièces, expositions). Progressivement fréquenté par de jeunes résistants, il est dissous en mars 1942 par le gouvernement de Vichy. Cependant, l'esprit de cette entreprise renaît sous forme radiophonique, avec le *Studio d'Essai*, un programme très engagé qui organise clandestinement les premières émissions au lendemain de la libération de Paris. Le *Studio* deviendra après la guerre, avec Jean Tardieu pour directeur artistique, le *Club d'Essai*, lieu privilégié de rencontres et créations culturelles.

Dans la capitale, les diverses restrictions liées à la nourriture ou à l'essence conduisent les Parisiens au cinéma (essentiellement!) ou au théâtre, seuls divertissements qui remportent un vif succès. Le cinéaste François Truffaut immortalisera la vie d'un théâtre sous l'Occupation dans *Le Dernier Métro* (1981). À la Comédie-Française, on peut applaudir, dans le rôle du *Cid* de Corneille, un nouveau pensionnaire, Jean-Louis Barrault, future personnalité marquante du théâtre. Après des mises en scène qui font date (il monte entre autres des pièces de William Shakespeare et Paul Claudel), il fonde en 1947 avec son épouse, la comédienne Madeleine Renaud, une compagnie reprenant leurs deux patronymes. Ils s'installent pour dix ans au Théâtre Marigny.

En 1944, de nombreuses pièces de théâtre sont écrites, comme *Antigone* de Jean Anouilh, ou les créations de deux jeunes romanciers philosophes déjà connus : *Huis Clos* de Jean-Paul Sartre et *Le Malentendu* d'Albert Camus. Ces œuvres manifestent une défiance à l'égard de l'homme et un pessimisme prononcé.

2.
Le théâtre de l'après-guerre : de l'air frais ou de l'or fin ?

Fort de son succès sous l'Occupation, le théâtre voit se multiplier les talents, proposant une large palette de styles, et conduisant les autorités à prendre des décisions en faveur des artistes en les soutenant financièrement. La scène offre une respiration en cette période ambiguë, mêlant douloureuse prise de conscience au lendemain d'un conflit épouvantable et besoin vital de divertissement.

1. *Théâtre subventionné : de la passion à l'engagement*

Au lendemain de la Seconde Guerre mondiale, une politique d'aides financières se met en place pour révéler l'art dramatique, le populariser et le décentraliser. Le plus grand nombre peut ainsi accéder au spectacle vivant, à Paris et ailleurs. C'est la naissance du théâtre subventionné sous l'impulsion d'une fonctionnaire courageuse et passionnée, Jeanne Laurent.

En son temps déjà, Octave Mirbeau (1848-1917) défendait, dans un article paru dans un quotidien français en 1902, l'idée et la création d'un «théâtre national populaire» qui «rencontre dans les milieux les plus différents […] de très vives sympathies». La campagne de presse en faveur de ce troisième théâtre subventionné, après l'Odéon et la Comédie-Française, suscite l'enthousiasme de certains politiques. Cependant, rien n'est réellement proposé, si ce n'est, bien plus tard, en 1920, grâce au vote du Parlement, une salle au Trocadéro, absolument impraticable car trop vaste et trop coûteuse, et rapidement récupérée par les deux théâtres nationaux précités! Dans les années 1930, Charles Dullin rédige un rapport dans lequel il songe à la création de centres théâtraux dans les régions, reprenant ainsi l'idée d'une décentralisation. Enfin, Jules Romains réclame de l'État dans un texte de 1936 «une protection théâtrale réformée et amplifiée». Il propose de «dédoubler la Comédie-Française», afin qu'elle offre des pièces classiques d'une part et des créations d'œuvres nouvelles d'autre part, à défendre avec «enthousiasme», voire «fanatisme». Un texte engagé, mais qui s'évanouit avec la réalité historique.

2. *Jean Vilar : du divertissement à la réflexion*

Pourtant, en février 1945, Jean Vilar, illustrant *La Danse de mort* de Strindberg, pièce dont il signe la mise en scène et où il incarne le personnage principal, va bénéficier d'une aide inattendue. Nommée à la Libération à la direction des Arts et des Lettres, Jeanne Laurent œuvre pour la décentralisation et les subventions. Cinq centres sont installés successivement à Colmar, Saint-Étienne, Rennes, Toulouse et Aix-en-Provence. La directrice contribue enfin à l'émergence des jeunes auteurs en créant l'« Aide à la première pièce » et le « Concours des jeunes compagnies ». On la retrouve en Avignon deux ans plus tard. Le célèbre Festival est né d'une simple proposition : lors d'une exposition d'art contemporain qui se tient dans le palais des Papes en 1947, l'organisateur réclame Jean Vilar afin qu'il mette en scène *Meurtre dans la cathédrale*, son récent succès. Vilar accepte, mais propose son programme, trois pièces de William Shakespeare, de Paul Claudel et d'un jeune auteur, Maurice Clavel. Refus de l'organisateur. La mairie décide pourtant de se lancer dans l'aventure, appuyée par une confortable subvention accordée par Jeanne Laurent. La « Semaine d'art » naît, suivie en 1948 du deuxième Festival d'Avignon. Cette création insolite bouleverse le milieu du théâtre et, plus encore, certaines pièces seront ensuite « rejouées » à Paris !

Jean Vilar est nommé à la direction du Théâtre de Chaillot en 1951. Le « Théâtre national populaire » est une très vaste salle de trois mille places, dont la largeur de la scène (vingt mètres) triple l'espace habituel. Malgré des premiers mois assez difficiles, tant sur le plan de l'administration du lieu que des critiques du milieu théâtral, Jean Vilar parvient à relever le défi. Il change les codes du théâtre : le décor et les lumières, sobres, sont recréés par l'imagination du spectateur ; la gestion du public, sa fidélisation par des formules attractives garantissent une impressionnante fréquentation. Vilar, enfin, s'adjoint un précieux collaborateur, vedette de cinéma qui accepte de jouer aux conditions financières des autres comédiens : Gérard Philipe, incarnation du héros romantique.

Pour donner un écho à certains événements politiques, Jean Vilar, après une dizaine d'années consacrées à divertir et cultiver le public, n'hésite pas à programmer des œuvres qui doivent, selon lui, amener chaque spectateur à réfléchir. Au moment de la guerre d'Algérie, c'est un théâtre politique, assumé par son initiateur, qui déclare en 1960 : « Un théâtre national se doit de participer aux inquiétudes de la nation. » Il quitte Chaillot en 1963, mais conserve la direction du Festival d'Avignon.

3. *Une politique d'expansion du théâtre*

Sous l'impulsion d'André Malraux, ministre des Affaires culturelles, de nouveaux centres, appelés « maisons de la culture », sont créés en province dès 1960. Dans chaque ville, le bâtiment comprend deux salles de grandeurs différentes, l'une pour le grand répertoire populaire, l'autre, de dimensions plus modestes, pour le théâtre d'avant-garde, accueillant, par exemple, les créations d'Eugène Ionesco, de Samuel Beckett ou de Jean Tardieu. Mais les autres arts ont aussi leur place et des espaces sont prévus pour des concerts, expositions, cinémathèque, bibliothèque, etc.

En 1959, Malraux place la Compagnie Renaud-Barrault à l'Odéon, rebaptisé Théâtre de France. Jusqu'en 1966, on peut venir applaudir un théâtre dépoussiéré qui a pris en considération la qualité des auteurs de l'époque, comme Ionesco, Beckett ou encore Marguerite Duras. Shakespeare, Claudel et Kafka y sont également montés.

3.

L'absurde, un rire grinçant

1. *Vers l'absurde : d'une langue classique à l'autre langage*

De nombreux artistes inventifs défendent tous types de théâtre, des classiques aux modernes, incarnés par des comédiens de chair ou parfois de tissu. Progressivement, davantage que le pouvoir ou la société, c'est l'homme qui sera au cœur de la cible des dramaturges, l'homme et son malheureux comportement. À la naissance d'un vrai théâtre populaire va s'ajouter l'émergence d'un mouvement, d'un esprit : l'absurde.

Louis Jouvet, à l'Athénée, programme de 1947 à 1951, date de sa disparition, de nombreuses pièces du répertoire (*L'École des femmes, Le Tartuffe, Dom Juan*) ou des œuvres plus récentes (*Knock* de Jules Romains, grand succès des années 1930, *La Folle de Chaillot* de Jean Giraudoux, *Le Diable et le Bon Dieu* de Jean-Paul Sartre). Non loin du théâtre où la Compagnie Renaud-Barrault alterne classiques et modernes, le comédien Hubert Gignoux crée avec d'anciens amis prisonniers de guerre «Les Marionnettes des Champs-Élysées», qui trouvent leur origine dans ses conditions de détention en Allemagne. Il montait alors des spectacles dans des camps d'officiers. Mais les costumes favorisant les évasions, on supprima les représentations. Pour contourner l'interdit, le comédien se rabattit sur des marionnettes, plus inoffensives aux yeux des Allemands! Après guerre, Molière, Georges Courteline ou Jean Cocteau seront joués devant des spectateurs fascinés par le procédé.

Un théâtre plus confidentiel mais courageux tente de se faire une place dans les petites salles du Quartier latin, notamment à La Huchette où s'installe Georges Vitaly en 1948. Dès 1957, il accueille les pièces de Ionesco, *La Leçon* et *La Cantatrice chauve*, toujours jouées un demi-siècle plus tard, et qui détiennent le record mondial de longévité dans un même théâtre et sans interruption. Le directeur qui succède à Vitaly en 1952 y fera découvrir Jean Tardieu, entre autres dramaturges. Cette « avant-garde » comprend des auteurs comme Jacques Audiberti, Jean Vauthier ou encore Romain Weingarten dont la pièce délirante *Akara* (un des personnages se comporte comme un chat) séduit Ionesco. Au cœur de ce bouillonnement se distinguent trois auteurs particulièrement originaux : Ionesco, Beckett et Adamov, représentants d'un théâtre que l'on qualifiera d'« absurde ».

2. *Comment ça, absurde ?*

L'adjectif « absurde » n'est en rien négatif, mais désigne tout ce « qui va contre la raison, la logique, le sens commun ». Le nom commun « absurde » dévoile une couleur plus sombre : « abîme entre les aspirations de l'homme et son expérience vécue ». L'homme espère et rêve, tandis qu'il est confronté à une réalité cruelle : lui-même. L'après-guerre, marqué par un fort pessimisme, voit naître un mouvement dit de l'«absurde» : le langage bouillonne et vole en éclats. Il qualifie alors plusieurs courants intellectuels et artistiques. En littérature, Albert Camus et Jean-Paul Sartre défendent une «philosophie» de l'absurde. Ils se penchent sur la tragédie du monde et de l'humanité.

Quant au théâtre de l'absurde, il est une manière étonnante, parfois ludique, souvent drôle et toujours sérieuse et profonde de reconstruire sur les ruines du langage. La première manifestation de cette qualification de l'«absurde» au théâtre intervient en 1950, lors de la création d'une pièce d'Eugène Ionesco, *La Cantatrice chauve*. Inspiré par les exemples farfelus d'une méthode d'apprentissage de l'anglais, l'auteur imagine une histoire articulée autour de propos ridicules que tiennent deux couples au coin du feu. Des meubles et des costumes prêtés, pas de décor, moins de dix spectateurs par séance, un seul critique acceptant de se déplacer, lequel rédige un article négatif. Une victoire cependant, en forme d'innovation littéraire : de nouvelles formes de langage surgissent.

Trois ans plus tard, Samuel Beckett écrit *En attendant Godot*. Il y confie son pessimisme envers l'homme, s'inquiétant de sa condition. «Nous naissons tous fous. Quelques-uns le demeurent», affirme, non sans humour, l'un des personnages. Lors des premières semaines de représentations, de nombreux spectateurs quittent la salle avant la fin du premier acte. D'autres, agacés, manifestent leur mécontentement par des sifflets ou des huées. Le scandale tout comme la personnalité de Roger Blin, le metteur en scène, servent la pièce. Ce théâtre-là est nouveau, il fait entendre une langue neuve et les personnages, au milieu de situations qui n'ont pas de sens, perdent leur identité. C'est le propre de l'absurde !

Ce terme n'est pas validé par les principaux protagonistes qui ne se reconnaissent pas sous une étiquette commune, ce qui prouve leur degré d'indépendance. Pourtant, le monde dans lequel se débattent ou sombrent leurs héros, et qui ne les satisfait pas, est bel et bien « absurde » au sens philosophique du terme. Il suffit d'observer la lente contamination des personnages ou la surprenante résistance de Bérenger dans *Rhinocéros* de Ionesco. Ou de suivre avec effroi le cauchemar éveillé que vit le héros du *Guichet*, dans ce recueil, l'une des trois pièces tragi-comiques réunies dans *La Triple Mort du client*. Dans un entretien avec Christian Cottet-Emard, en 1991, Jean Tardieu explique son « tempérament double », avouant être « très pessimiste », ou « fasciné par tout ce qui est obscur » tout en jouissant d'« une certaine bonne humeur naturelle ». En effet, il estime que la « drôlerie » et la « part d'ombre » sont intimement « liées ».

3. *Jean Tardieu : le langage, ce héros*

Jean Tardieu voit justement dans le théâtre l'occasion de mettre en lumière le langage. Dans une lettre datée d'août 1952 et adressée à Roger Martin du Gard, il explique son « entreprise actuelle » qui consiste « à faire lentement, modestement, prudemment le "tour du théâtre" […] en étudiant successivement divers aspects techniques de l'art dramatique : mise en scène, décors, jeu des acteurs, effets divers et, bien entendu, en essayant de loger chaque fois un contenu valable (comique ou poétique) dans chaque "étude" pour que ce ne soit pas un pur jeu abstrait ». C'est ainsi qu'*Une voix sans personne* (1954) est une courte pièce sans personnages. Un titre désespéré qui trahit la solitude et révèle des paroles orphelines. À lui seul, le langage devient héros. L'auteur pense que « le poète disparaît » et qu'après lui « rien ne reste [...] qu'une voix sans personne ». Le seul mouvement visible sur scène naît du changement des éclairages. Un comédien, réduit à une « voix anonyme » demeure « dans la pénombre » et « dos au public », prononçant « simplement » le « texte du poème ». Sous l'angle du langage et des torsions qu'on lui impose, Raymond Queneau peut être considéré comme un frère d'écriture de Jean Tardieu. Ses *Exercices de style* (1947) fonctionnent comme une parodie qui couvre toute la matière verbale, langues, langages, jargons et codes sociaux. Car l'écrit demande une nouvelle écoute. L'oralité chère à Queneau, qui souhaitait constituer une langue parlée-écrite, permet de s'affranchir des règles strictes de la syntaxe et de l'orthographe : le langage devient expérimental. C'est pourquoi de nombreux metteurs en scène adaptent les *Exercices de style* au théâtre.

Et la place de Jean Tardieu, dans cet après-guerre ? Il propose une forme novatrice et détonante ; ses pièces sont courtes, bouleversant la structure traditionnelle du théâtre de l'après-guerre. Explorer toutes les formes d'écriture : telle est la mission du dramaturge qui interroge le spectateur sur le langage, autant qu'il le divertit.

L'écrivain à sa table de travail

Un besoin de rire avec les mots

JEAN TARDIEU FAIT REMONTER À LOIN sa passion pour les textes qui manipulent le langage : « Dès mon enfance, j'ai été intéressé par les mots, les calembours, les jeux de mots. […] Ça a toujours été un besoin de rire avec les mots » (Entretien avec Laurent Flieder, juillet 1983). Il a souhaité évacuer les mots classiques, remercier les expressions trop convenues, écarter les phrases déjà entendues ou lues. Il raccompagne tout ce petit monde à la porte pour mieux accueillir de nouveaux invités. Il peut dorénavant multiplier les expériences, couper des mots, les répéter, les réécouter. Redécouvrons notre langue autrement, dans des situations inédites, souvent comiques, afin de mieux comprendre et savourer le style unique d'un auteur, amoureux de la forme courte, innovation singulière et audacieuse dans ce théâtre de l'après-guerre. Pour mieux servir le langage qui fascine profondément l'auteur autant qu'il s'en méfie. Ah, le pouvoir des mots!

1.

Lumineuse nuit : l'homme face à son œuvre

1. *Une légèreté profonde*

Jean Tardieu craint qu'on ne le prenne pour un amuseur, et seulement un amuseur. S'il adopte la légèreté de l'humour, c'est par pudeur, afin de ne pas se prendre au sérieux. Et aborder avec délicatesse et élégance les sujets qui fâchent l'homme : la souffrance, l'impossibilité de communiquer ou la mort. On peut être profond et rieur, sérieux et fantaisiste. L'auteur naviguera, sa vie durant, sur deux mers distinctes, l'angoisse et la joie. La nuit effraie, la lumière réconforte. De nombreux titres, tout au long de son œuvre, révèlent cette dualité, véritable marque de l'auteur : *Le Fleuve caché*, *La Part de l'ombre*, *Clair-Obscur* ou *Obscurité du jour*. La création se nourrissant de cette absence de sérénité, l'œuvre théâtrale de Jean Tardieu oscille entre drame et comédie, farce et réflexion. Il écrira souvent la nuit, dans les années 1950 notamment, trouvant l'inspiration après des journées professionnelles chargées à la radio. Multiple Tardieu, gourmand d'activités. Trois de ses recueils les plus importants paraissent en 1951 et 1952, mêlant fantaisie, gravité, fantastique et poésie : *Monsieur Monsieur*, *Un mot pour un autre* et *La Première Personne du singulier*. Lui qui enfant n'était le soir « pas admis à entrer dans le salon, quand [sa] mère recevait » se jette dans cette activité créative nocturne. Le « salon » d'où émanent ces « voix sans visage » est certainement conforme au cadre bourgeois généralement réservé à ses pièces. Correspondant à l'environnement familier de l'auteur, cette pièce de réception s'impose naturellement comme toile de fond dans trois œuvres du recueil ; elle offre un écrin à la fantaisie des situations : le monde inversé d'*Un geste pour un autre*, où les bonnes manières auraient été conçues par un enfant farceur, le dialogue parodique et délirant d'*Oswald et Zénaïde* ou le classique labyrinthe amoureux d'*Un mot pour un autre*.

2. *Liberté et succès ?*

Au début des années 1950, Jean Tardieu est un auteur connu essentiellement comme poète même s'il est apprécié dans les théâtres accueillant l'avant-garde. Il faut attendre un peu pour que ses pièces soient montées par de nombreuses troupes à travers la France et suscitent l'engouement de nombreux élèves, emmenés par des enseignants éclairés et motivés par l'originalité du dramaturge. Cependant, la reconnaissance du milieu littéraire tarde. Jean Tardieu propose une réponse modeste et pleine d'esprit : « Mon grand défaut, c'est de n'avoir pas été "engagé". Mais je n'ai pas été dégagé non plus ! » (*Le Croquant*, 1991.)

Cet homme de liberté cache une autre faiblesse : l'absence d'organisation ! Jean Tardieu n'a pas, dans les premières années de sa production théâtrale, souhaité classer ses pièces, les laissant exister dans leur diversité, de façon autonome et spontanée. Puis il fallut regrouper ces « fantômes de passage », « êtres ridicules ou agréables, touchants ou terribles », pour leur « offrir un minimum de logement et de nourriture » dans un premier recueil, *Théâtre de chambre I*, paru en 1955. Ni calculateur ni ambitieux. Un rêveur, souhaitant au plus profond de lui communiquer... avec un surprenant interlocuteur : « C'est ça qui est curieux. Je n'ai pas tellement envie de parler aux autres, ni d'être lu, ni d'être compris mais de communiquer avec moi-même. Qu'on me lise, c'est presque secondaire : j'écris pour moi. »

3. *Le retour du « je » théâtral : le moi devient autre*

> Je me demande si je ne suis pas en train de jouer avec les mots. Et si les mots étaient faits pour ça ? (Boris Vian, *Les Bâtisseurs d'empire*)

Écrire pour soi, c'est finalement le secret d'une étrange création. *Le Professeur Frœppel* (1978) est, hormis le titre de la nouvelle édition augmentée du recueil *Un mot pour un autre*, le double imaginaire de l'auteur, très sensible au travail sur le langage, étudiant et jouant avec toutes ses formes, à l'image d'un Raymond Queneau déclinant une centaine de variations sur une seule histoire dans ses *Exercices de style*. Mots, sons, silences, formes et gestes cohabitent : en somme, un festival de réjouissances attend le lecteur, dans une sérieuse fantaisie ! Pour preuve, ces courts extraits tirés des *Petits problèmes et travaux pratiques* :

> Étant donné deux points, A et B, situés à égale distance l'un de l'autre, comment faire pour déplacer B, sans que A s'en aperçoive ? »
>
> Un aviateur âgé de vingt ans fait le tour de la terre si rapidement qu'il « gagne » trois heures par jour. Au bout de combien de temps sera-t-il revenu à l'âge de huit ans ?
>
> Une bille remonte un plan incliné. Faites une enquête.
>
> Observez votre main gauche et dites à qui elle appartient.

Vérifiez que vous avez terminé les exercices précédents ! Revenons à Frœppel : ce « grand frère » farfelu de Tardieu, déjà présent au bas d'un poème dédié à Queneau dans le recueil *Monsieur Monsieur*, en 1951, ne viendrait-il pas réconcilier l'auteur avec lui-même et le délivrer de cet « ami-ennemi » qu'il pensait sentir vivre en lui lors d'un épisode troublant survenu à l'âge de dix-sept ans ? Cette autre voix, qui « était étrangère, tantôt bienveillante et rassurante, tantôt sévère et grondeuse, pleine de reproches et même de colère », serait-elle enfin sortie sous l'apparence sécurisante d'un professeur cocasse, proche des préoccupations de l'auteur ? Il livre, dans ce recueil, deux nouvelles courtes pièces : *Finissez vos phrases* et *De quoi s'agit-il ?* Terrasse de café ou tribunal, naissance de l'amour ou basculement d'un juge dans la folie, ces deux textes montrent les limites de la communication : miracle de l'économie dans un cas, drame de l'incompréhension dans l'autre. Chaque fois ! « Mais pas de ! Non, non, rien, rien. Je vais jusqu'au, pour aller chercher mon. Puis je reviens à la. », s'exclame Madame B dont nous pouvons achever les phrases, tant leur évidence frôle le cliché. Pourquoi parlerait-elle davantage, puisque, même incomplet, son discours est limpide ? C'est la question posée par Jean Tardieu. Au tribunal, le couple de paysans est incapable de déterminer et citer la fonction du juge, lui attribuant d'autres charges. Leur acharnement à transformer son identité finit par contaminer le magistrat qui, troublé, dérape, se hissant au-dessus d'eux dans un délire religieux lorsqu'il impose avec autorité : « Ne m'appelez pas : Docteur ni Monsieur le Proviseur : appelez-moi "Mon Père" ! »

2.

Le langage observe le langage

Tardieu explique le défi lancé à lui-même et aux comédiens dans la construction de sa pièce *Un mot pour un autre* (1966) : « Comment faire comprendre "un sens" par les gestes et les intonations seulement » alors que les dialogues sont incompréhensibles ? Il pose les limites du langage, puisque « les adultes ne disent rien du tout [...] ils font semblant de parler ». L'auteur innove, imposant sa mécanique, constituée de formes courtes et de thèmes forts, dans lesquels les didascalies sont parfois plus éclairantes que les dialogues ou les situations, eux-mêmes symboles d'un savoureux monde inversé.

1. *La forme courte*

Les « toutes petites pièces » ne sont que « des gammes, des études » sur lesquelles le spectateur doit se pencher en oubliant le sujet. Il doit comprendre quels en sont les objets, rassemblés ici par l'auteur : « les gestes qui font peur, les mots qui font rire ; la hâte, la lenteur, la surprise ; les entrées, les sorties, le temps raccourci ; le dialogue qui évolue non comme la conversation mais comme la musique, la mort et la vie qui vont bras dessus, bras dessous hors du monde » (*Pour l'art*, 1956).

Comme des instrumentistes, les comédiens doivent se saisir du son de leur texte et non du sens. Il ne s'agit plus de réfléchir, mais de vivre une situation, afin que la musicalité du texte devienne un nouveau langage. Les histoires courtes ainsi proposées mêleront humour et cauchemar. Pourquoi cette préférence du petit format ? « Il convient mieux à la recherche », répond Tardieu, évoquant d'autres modèles issus de domaines artistiques différents, comme le peintre Paul Klee ou le compositeur Erik Satie qui préféraient eux aussi les œuvres de dimension réduite.

2. *Le langage multiplie les expériences*

Rendons-nous à l'évidence : le personnage principal des pièces de Jean Tardieu est souvent le même : le langage. Penché sur cet instrument de communication comme un chirurgien, l'auteur invente un théâtre burlesque (qui consiste à privilégier la fantaisie, l'extravagance au cœur d'un sujet dramatique) et parodique (qui tourne en ridicule quelque chose de sérieux), cependant toujours empreint de poésie.

Si ses premiers écrits sont imprégnés d'une certaine gravité, il surprend par un ton nouveau, plus léger, dès 1951, avec son recueil de poèmes intitulé *Monsieur Monsieur*. Pourtant, les thèmes demeurent les mêmes : le silence angoissant de l'univers, l'incapacité du langage à maîtriser le temps et l'espace, l'absence de sens de l'aventure humaine (« Étude de voix d'enfant », *Monsieur Monsieur,* 1951) :

> Tout le monde il est là
> comme les autres jours
> mais c'est un autre jour
> c'est une autre lumière :
> aujourd'hui c'est hier.

Mais Jean Tardieu ne prétend pas donner des solutions ou des réponses, ni même se glisser dans la peau d'un penseur. Bien au contraire, il répercute les questions qui correspondent à ses propres interrogations. Il souhaite que nous réfléchissions avec lui, dans l'élégance du rire, par le décalage. Artisan soucieux de nous conduire dans son univers surprenant, effrayant, drôle, farfelu... où les repères s'écroulent les uns après les autres. Il multiplie les situations dont nous nous privons, par manque d'imagination, par habitude, en raison aussi des codes sociaux. À nous d'apprivoiser de nouvelles règles, d'accepter les nouveaux codes de politesse en vigueur dans *Un geste pour un autre*. Dans ce monde inversé où l'on baise le pied droit de la maîtresse de maison, où l'on se chatouille les narines avec une plume de poulet, où tousser en groupe revient à applaudir les poèmes «absolument mauvais», Jean Tardieu met le doigt sur nos hypocrisies, sur les convenances qui nous obligent parfois à supporter ce qui nous irrite intérieurement!

3. *Les alentours des dialogues*

Le rôle des préambules et des didascalies est primordial face à la complexité du langage ou l'insolite des situations. Deux pièces bénéficient d'ailleurs, en guise de «présentateur», d'un personnage extérieur (*Oswald et Zénaïde*) ou intégré à l'histoire (*Un geste pour un autre*), incarnant chacun un narrateur qui jette un pont entre notre quotidien et la réalité de l'auteur.

Le préambule d'*Un mot pour un autre*, dont la mission est de permettre au lecteur d'entrer dans une histoire par divers commentaires éclairant le texte, précise qu'une «curieuse épidémie» atteint «un organe» — le vocabulaire — et s'abat essentiellement sur les «classes fortunées». Car le langage infecté en question s'impose déjà comme un «personnage» principal comique, se glissant avec malice et humour dans les dialogues des personnages. Ces derniers, dans une situation classique de vaudeville (le mari, la femme et l'amant se retrouvent dans la triple unité lieu, temps et action), s'expriment avec le plus grand naturel par le biais d'une langue dont eux seuls connaissent le sens. Le contraste entre leur classe sociale aisée et la verdeur de leurs dialogues détonne, étonne et provoque le rire. « Depuis combien de galets n'avais-je pas eu le mitron de vous sucrer ? » s'enquiert Madame en recevant une amie retrouvée ; ou s'énervant contre sa bonne, trop lente à venir, elle lance : « Elle est courbe comme un tronc... excusez-moi, il faut que j'aille à la basoche, masquer cette pantoufle. Je radoube dans une minette. »

Un auteur facétieux s'est à l'évidence amusé, en bon marionnettiste, à nous prendre en otages. Si les structures des phrases demeurent compréhensibles, de nombreux mots sont modifiés : s'amorce alors pour nous un jeu plaisant de traduction qui autorise les possibilités les plus divertissantes. La situation est d'ailleurs particulièrement claire ; on saisit l'embarras de deux amants face à la colère et à la peine d'une épouse trompée. Les mots ne sont donc qu'une excuse, selon Jean Tardieu qui détourne des termes et crée un langage comique, voire argotique, au cœur d'une situation tragi-comique.

Les didascalies semblent peu à peu elles-mêmes contaminées par un environnement plus proche de la farce que de l'hostilité. Prenons pour exemple cette expression cocasse « très-Jules-César-parlant-à-Brutus-le-jour-de-son-assassinat » qui remplace un possible « sur un violent ton de reproche ». Quant au comique de situation, il éclate lorsque les deux femmes reprennent leur conversation de salon « comme si rien ne s'était passé » — avant-dernière didascalie — après le terrible aveu d'un mari particulièrement séducteur et volage. Plus que le langage, c'est l'esprit des personnages qui semble avoir volé en éclats. Jean Tardieu qualifiera cette pièce de « comédie éclair ».

Dans *Oswald et Zénaïde*, les didascalies deviennent essentielles puisque le principe d'aparté en est le sujet même. Il s'agit pour un personnage d'exprimer à mi-voix ses sentiments ou ses intentions. Son interlocuteur immédiat les ignore tandis que le spectateur, devenu complice, les comprend. Poussé à l'extrême, l'aparté devient ici jeu, titre et cohabite avec des didascalies volontairement répétitives. Si l'on ne parvient vraiment pas à « finir leurs phrases » dans la pièce qui met en scène les anonymes Monsieur A et Madame B, indéfinis, sans âge, une solution existe : se concentrer sur les riches et éclairantes didascalies, qui prolongent l'intuition du lecteur et précisent les sentiments des héros.

3.
La mort qui pleure, la mort qui rit

1. *Un guichet aguichant ?*

Le Guichet, tiré de la trilogie *La Triple Mort du client* rappelle la situation d'une autre pièce, *De quoi s'agit-il ?* où l'impossibilité de se comprendre, donc de communiquer, tourne au cauchemar, voire au vertige fatal pour le client. L'administration, figée et angoissante, devient, dans l'espace d'un bureau de gare ou d'un tribunal, un lieu écrasant et oppressant.

Le Préposé du *Guichet* n'exprime pas d'émotion face à un Client perdu et « effroyablement craintif », véritable victime sociale. Les premières didascalies annoncent le drame à venir, mêlant le bruit urbain « départs de train, autos, klaxon, coups de frein » à la voix humaine « cri de douleur ». Le langage commence par un son, une souffrance. À la froideur de l'employé s'opposent l'incohérence, la fragilité d'un Client « presque prêt à pleurer », qui rate son entrée, hésite sur sa destination (Brest ou Aix), se montre incapable de donner son nom ou son âge. Chacun à sa manière est responsable du présent cauchemar, l'un par fragilité et manque de précision, l'autre par manque d'humanité. « On ne fait pas de sentiment ici ! » lâche-t-il, impatient. Cette réplique éclaire la pièce. Nous souffrons du manque d'amour parce que nous ne nous comprenons pas.

Le dialogue évolue de façon surréaliste vers une sorte de délire : le Préposé, une espèce de mystérieux ange froid, annonce sa mort à l'angoissé Client. Et si le Client est incontestablement une victime, la fonction du Préposé est plus équivoque. La pièce devient alors fantastique. On peut sentir l'influence du romancier pragois Kafka dont *Le Procès* raconte les mésaventures d'un homme arrêté un matin pour une raison qu'il ignore et qui tente vainement de se défendre dans un monde qui se refuse à lui donner la moindre explication. Une inquiétude anime Jean Tardieu, celle que l'homme ne soit qu'un personnage de théâtre dans une vie à l'image de ce « guichet » selon ses propres termes : « tragi-comique ». Car la mort arrive et il faudra bien l'accepter.

3. *Pourquoi éviter l'inévitable ?*

Face à la méthode dure, dirigée par un préposé froid, surgit une «voix sans personne», un haut-parleur humanisé, «étrange et rêveur» comme une sirène, une âme qui s'échappe d'un bloc de métal, passeur entre l'ici et l'au-delà. Esquisse d'un personnage à part entière qui conduit l'héroïne de *La Jeune Fille et le Haut-Parleur* vers l'après. Dans *La Mort et le Médecin*, la Dame du métro, incarnation de la Mort, vient chercher sa proie de façon expéditive et brutale : «Vous êtes mort, on va vous enterrer. [...] Allons, venez!» Et lorsque l'intéressé, victime d'un quiproquo relativement comique (le Docteur devient le malade), clame son innocence, elle répond, implacable : «Pourvu que j'emporte quelqu'un, moi, ça m'est égal.» Voici la condition humaine selon Tardieu : nous sommes tous égaux face à l'inévitable. L'auteur sait que tout se joue maintenant, dans cette vie, car... («Voyage avec Monsieur Monsieur», *Monsieur Monsieur*) :

> Moi je dis qu'après nous
> Ne reste rien du tout.
>
> [...]
>
> Nous sommes le passage,
> Nous sommes la fumée...

Tardieu compare deux des aspects de sa recherche aux «deux masques», symboles du théâtre depuis l'Antiquité : «l'un qui pleure et l'autre qui rit», plaçant sa propre création en déséquilibre, entre rire et angoisse. Des notions qui se complètent plus qu'elles ne s'opposent.

Jean Tardieu est cette âme farceuse et rêveuse qui s'amuse avec ce morceau de mystère que présentent notre existence et le monde qui nous entoure. Ses outils? Le langage et les métamorphoses qu'il lui offre, tel un magicien, un chirurgien ou un mécanicien. Faut-il rire ou pleurer? Ni l'un ni l'autre. Simplement réfléchir en souriant et accepter de se baigner dans un monde poétique puisque, selon l'auteur, «le but de la poésie est peut-être de dépasser le langage». Telle est l'ambition des deux pièces *Le Sacre de la nuit*, lumineuse et lyrique et *L'Épouvantail*, obscure et tragique. Ces «poèmes à jouer» mêlent poème et comédie, rêve et réflexion. D'une part, un jeune couple amoureux, uni, ébloui par la splendeur de la nuit, éclatante et mystérieuse : «Tu es entrée en communion avec l'innocence du monde. Réjouis-toi dans ce bain de lumière, de miel et de fraîcheur», d'autre part, un homme soliloquant, «Comme je m'ennuie dans cette plaine sans fin», portant sur ses épaules le fardeau de l'humanité. Conscience humaine au corps de chiffon, il prétend avoir été un enfant libre de mouvement «avec des jambes, des bras, des yeux qui bougent». Pourtant, il est prisonnier d'un champ, effrayant ceux qu'il aime (les oiseaux) quoique parvenant à les nourrir en renonçant à obéir à sa fonction de «monstre», lorsque le vent l'y autorise. Sa solitude semble infinie. L'épouvantail existe, pourtant il «n'est pas». Un cœur bat mais où? Dans son étrange mémoire, peut-être.

Les «deux masques» de Tardieu sont là, dans ces deux pièces : l'homme pessimiste et angoissé et l'enfant émerveillé. «C'est que la poésie est à la fois la solitude et la rencontre. Elle est le livre et le théâtre et peut [...] passer de l'un à l'autre, en ouvrant toutes les portes.»

La poésie serait-elle une balade vers la vérité, avec le

théâtre pour destination finale ? Elle se nourrit de l'essentiel, de cet étrange trésor étudié une vie durant par Jean Tardieu : le langage.

Pour lire Jean Tardieu :

Œuvres, Gallimard, « Quarto », 2003.

Pour entendre la lecture de *La Môme Néant* par son auteur :

Quoi qu'a dit ? — A dit rin.

Quoi qu'a fait ? — A fait rin.

À quoi qu'a pense ? — A pense à rin.

Pourquoi qu'a dit rin ?

Pourquoi qu'a fait rin ?

Pourquoi qu'a pense à rin ?

A' xiste pas.

http ://www.koikadit.net/Accueil/mmntacc.html

Pour aller plus loin :

André DEGAINE, *Histoire du théâtre dessinée*, Nizet, 2000.

Laurent FLIEDER, *Jean Tardieu ou la Présence absente*, Nizet, 1993.

Edmond KINDS, *Jean Tardieu ou l'Énigme d'exister*, Éditions de l'université de Bruxelles, 1973.

Jean ONIMUS, *Jean Tardieu : un rire inquiet*, Champ Vallon, 1985.

Jean-Pierre VALLOTON, *Causeries devant la fenêtre*, PAP, 1988.

Groupement de textes thématique

Le théâtre de l'absurde

LA SECONDE GUERRE MONDIALE a bouleversé le rapport qu'entretient l'homme avec la perception de l'existence. L'homme n'aurait-il pas été jeté froidement dans ce monde sauvage sans comprendre le sens de la vie ? Cette théorie est défendue par la philosophie de l'absurde. Le théâtre, comme lieu d'expérimentation, tente d'apporter une solution plus nuancée et plus légère, privilégiant une certaine politesse du désespoir. Si Jarry a pris une longueur d'avance au siècle dernier, l'absurde est essentiellement symbolisé par des auteurs de l'après-guerre. Ils ont exploré l'impossibilité de l'homme à communiquer, le plaçant dans des situations incohérentes et des univers improbables. Les personnages deviennent de nobles pantins, porte-parole d'auteurs qui s'interrogent sur le comportement humain. Le mécanisme de la langue est ausculté avec soin et l'on tente de créer un nouveau langage, « personnage » à part entière. Gravement déréglé, il orchestre un dialogue de sourds, comique, insolite ou grinçant. Le théâtre absurde, c'est un peu l'invraisemblable qui se divertit, pour conjurer une condition humaine tragique.

Alfred JARRY (1873-1907)

Ubu Roi (1896)

(« La bibliothèque Gallimard » n° 60)

Ubu Roi s'inspire d'une comédie qu'Alfred Jarry (1873-1907) présente l'année de ses quinze ans au lycée de Rennes, Les Polonais, *dans laquelle il parodie son professeur de physique. Le langage est à l'honneur, mélange de vocabulaire archaïque et d'expressions très personnelles du Père Ubu, comme « De par ma chandelle verte », « cornegidouille » ou « Merdre ». La pièce, qui ne trouvera sa place qu'au siècle suivant, fut considérée comme scandaleuse, provocante, incohérente. « Si Jarry n'écrit pas demain qu'il s'est moqué de nous, il ne s'en relèvera pas », déclare l'écrivain Jules Renard le soir de la première représentation le 10 décembre 1896. Jarry, quelques jours plus tard, évoque ce personnage idiot, capricieux et dangereux, affirmant avoir mis « le public en face de son double ignoble ». Capitaine au passé glorieux, Ubu, influencé par une femme ambitieuse, élimine le roi de Pologne Venceslas pour s'emparer de son trône. Après avoir massacré sa famille, il entreprend des réformes absurdes et gratuites et supprime au passage tous ceux qui s'y opposent, tels les nobles, les magistrats ou les financiers.*

PÈRE UBU : Allez, passez les Nobles dans la trappe. *(On empile les Nobles dans la trappe.)* Dépêchez-vous, plus vite, je veux faire des lois maintenant.

PLUSIEURS : On va voir ça.

PÈRE UBU : Je vais d'abord réformer la justice, après quoi nous procéderons aux finances.

PLUSIEURS MAGISTRATS : Nous nous opposons à tout changement.

PÈRE UBU : Merdre. D'abord les magistrats ne seront plus payés.

MAGISTRATS : Et de quoi vivrons-nous ? Nous sommes pauvres.

PÈRE UBU : Vous aurez les amendes que vous prononcerez et les biens des condamnés à mort.

UN MAGISTRAT : Horreur.
DEUXIÈME : Infamie.
TROISIÈME : Scandale.
QUATRIÈME : Indignité.
TOUS : Nous nous refusons à juger dans des conditions pareilles.
PÈRE UBU : À la trappe les magistrats! *(Ils se débattent en vain.)*
MÈRE UBU : Eh, que fais-tu, Père Ubu? Qui rendra maintenant la justice?
PÈRE UBU : Tiens! moi. Tu verras comme ça marchera bien.
MÈRE UBU : Oui, ce sera du propre.
PÈRE UBU : Allons, tais-toi, bouffresque. Nous allons maintenant, messieurs, procéder aux finances.
FINANCIERS : Il n'y a rien à changer.
PÈRE UBU : Comment, je veux tout changer, moi. D'abord je veux garder pour moi la moitié des impôts.
FINANCIERS : Pas gêné.
PÈRE UBU : Messieurs, nous établirons un impôt de dix pour cent sur la propriété, un autre sur le commerce et l'industrie, et un troisième sur les mariages et un quatrième sur les décès, de quinze francs chacun.
PREMIER FINANCIER : Mais c'est idiot, Père Ubu.
DEUXIÈME FINANCIER : C'est absurde.
TROISIÈME FINANCIER : Ça n'a ni queue ni tête.
PÈRE UBU : Vous vous fichez de moi! Dans la trappe les financiers! *(On enfourne les financiers.)*
MÈRE UBU : Mais enfin, Père Ubu, quel roi tu fais, tu massacres tout le monde.
PÈRE UBU : Eh merdre!
MÈRE UBU : Plus de justice, plus de finances.
PÈRE UBU : Ne crains rien, ma douce enfant, j'irai moi-même de village en village recueillir les impôts.

(Acte III, scène 2)

Eugène IONESCO (1909-1994)

La Leçon (1951)

(« Folio théâtre » n°32)

Une jeune élève, agréable et motivée, venue prendre un cours particulier, est accueillie par la bonne du professeur. Celui-ci, timide et courtois, commence la leçon, imposant des exercices particulièrement basiques. Peu à peu, l'homme se montre impatient et exigeant, multipliant les indices d'un raisonnement aberrant. Il semble totalement sourd au « mal de dents » de son élève, avant de devenir menaçant et dangereux face à l'ignorance de la jeune fille. Les avertissements de la bonne changeront-ils le comportement de ce professeur devenu fou ? Ici, la progression dramatique concerne aussi bien la situation — cette pièce est un drame comique, puisqu'une vie est en jeu — que la langue, objet du discours du professeur. Représentée pour la première fois le 20 février 1951 au Théâtre de Poche Montparnasse, la pièce n'a ensuite jamais quitté l'affiche (avec La Cantatrice chauve*) du Théâtre de la Huchette, ce qui constitue un record mondial de longévité !*

LE PROFESSEUR : Au lieu de regarder voler les mouches tandis que je me donne tout ce mal... vous feriez mieux de tâcher d'être plus attentive... ce n'est pas moi qui me présente au concours du doctorat partiel... je l'ai passé, moi, il y a longtemps... y compris mon doctorat total... Vous ne comprenez donc pas que je veux votre bien ?

L'ÉLÈVE : Mal aux dents !

LE PROFESSEUR : Mal élevée... Mais ça n'ira pas comme ça, pas comme ça, pas comme ça, pas comme ça...

L'ÉLÈVE : Je... vous... écoute...

LE PROFESSEUR : Ah pour apprendre à distinguer toutes ces différentes langues, je vous ai dit qu'il n'y a rien de mieux que la pratique... Procédons par ordre. Je vais essayer de vous apprendre toutes les traductions du mot « couteau ».

L'ÉLÈVE : C'est comme vous voulez... Après tout...

LE PROFESSEUR, *il appelle la bonne* : Marie ! Marie ! Elle ne vient pas... Marie ! Marie !... Voyons, Marie. *(Il ouvre la porte, à droite.)* Marie !...

> Il sort.
> L'Élève reste seule quelques instants, le regard dans le vide, l'air abruti.

LE PROFESSEUR, *voix criarde, dehors* : Marie ! Qu'est-ce que ça veut dire ? Pourquoi ne venez-vous pas ! Quand je vous demande de venir, il faut venir ! *(Il rentre, suivi de Marie.)* C'est moi qui commande, vous m'entendez. *(Il montre l'Élève.)* Elle ne comprend rien, celle-là. Elle ne comprend pas !
LA BONNE : Ne vous mettez pas dans cet état, monsieur, gare à la fin ! Ça vous mènera loin, ça vous mènera loin tout ça.
LE PROFESSEUR : Je saurai m'arrêter à temps.
LA BONNE : On le dit toujours. Je voudrais bien voir ça.
L'ÉLÈVE : J'ai mal aux dents.
LA BONNE : Vous voyez, ça commence, c'est le symptôme !
LE PROFESSEUR : Quel symptôme ? Expliquez-vous ! Que voulez-vous dire ?
L'ÉLÈVE, *d'une voix molle* : Oui, que voulez-vous dire ? J'ai mal aux dents.
LA BONNE : Le symptôme final ! Le grand symptôme !

Roland DUBILLARD (né en 1923)

« La Poche et la Main »

Les Diablogues et autres inventions à deux voix (1975)

(L'Arbalète, repris en « Folio » n° 3177)

Écrits à la demande de Jean Tardieu en 1953, les sketches radiophoniques de Roland Dubillard sont sa première créa-

tion sous le nom de Grégoire et Amédée *; il les interprète alors lui-même quotidiennement. En 1975, il adapte pour la scène ces dialogues absurdes qui deviennent* Les Diablogues et autres inventions à deux voix. *Face au succès de ces courtes pièces à l'univers loufoque, il écrit en 1987* Les Nouveaux Diablogues. *Un et Deux, anti-héros poétiques, émouvants et drôles, parlent sans s'écouter franchement. Indépendants de l'espace et du temps, ils n'existent qu'autour d'un paysage : le langage. Par le dialogue, cocasse et naïf, ils veulent comprendre le monde qui les entoure. En vain !*

UN : Tenez, votre main droite, eh bien, elle ressemble bien plus à ma main droite que ma main gauche.
DEUX : C'est pour ça qu'il faut être deux pour se serrer la main. Vos deux mains toutes seules, elles n'auraient jamais l'idée de se serrer la main.
UN : Elles pourraient pas, regardez : elles ne vont pas ensemble. Elles n'entrent pas l'une dans l'autre.
DEUX : Et c'est encore un enseignement, ça. Le bon Dieu, s'il avait voulu nous faire comprendre qu'il faut se serrer la main les uns les autres, il ne s'y serait pas pris autrement. Parce que je ne sais pas si ça vous fait comme à moi, mais moi, rien que d'avoir essayé de me donner une poignée de main, eh ben ça me donne des envies de main droite dans ma main droite.
UN : Tenez, voilà la mienne.
DEUX : Bonjour. Comment ça va ?
UN : Pas mal et vous ?
DEUX : Oui. C'est un peu bête de se dire ça, comme ça.
UN : C'est un réflexe. Ce doit être comme ça que la vie sociale a pris naissance chez les hommes. Comme ils ne pouvaient pas se serrer la main chacun tout seul dans son coin, ils ont eu l'idée de se serrer la main entre eux, alors fatalement, ils se sont dit : bonjour comment ça va. À partir de ce moment-là, ils se sont mis à causer. La glace était rompue.
DEUX : Et ça, ça ! Ce n'était possible que pour le genre humain, justement ! Parce qu'il fallait au moins avoir

deux mains, ce que n'avaient pas les éléphants par exemple, qui sont tellement intelligents par ailleurs…

UN : Les éléphants, y a un farceur qui joue, c'est la trompe.

DEUX : Oui… Et il fallait pas non plus en avoir plus de deux, des mains. Parce que, regardez les singes qui en ont quatre, eh bien rien ne les empêche de se serrer la main droite tout seul avec l'autre main droite, la main droite du pied. Résultat, les singes sont restés des singes, et pour la vie sociale, ils lui ont dit adieu. Tandis que nous, on n'est pas restés des singes, vu qu'on avait des pieds.

UN : Comment, « on avait des pieds » ! Mais mon cher, on les a toujours ! Jetez un coup d'œil par terre, ils sont là.

DEUX : Eh oui ! Solides au poste. Dans leurs chaussures.

UN : Oui. Sacrifiés, dans un sens, car ce ne doit pas être bien drôle, l'existence du pied. Le soulier comme confort, on a beau faire, ça ne vaut pas le gant. Ça ne vaut pas la poche.

DEUX : Pauvres pieds, qu'on ne met jamais dans ses poches. Qui ne se serrent jamais entre eux. Comme ils sont loin de nous !

Raymond DEVOS (1922-2006)

« Parler pour ne rien dire »

Sens dessus dessous (1976)

(Seuil)

Si l'on suit la logique de la phrase « parler pour ne rien dire », elle s'annule avant même d'exister ! Deux idées s'opposent : parler et ne rien dire. Raymond Devos, grand auteur comique de pièces à une voix, tente d'expliquer ce paradoxe, cette étrange absence de logique dans cette saynète. Il souhaite piéger le langage dès lors que celui-ci se montre incohérent.

Son inspiration l'emmène sur des chemins truffés de trésors, notre langue regorgeant d'expressions farfelues. Sa quête de sens se construit autour de l'exploration du non-sens.

Mesdames et messieurs... je vous signale tout de suite que je vais parler pour ne rien dire.
Oh ! je sais !
Vous pensez :
« S'il n'a rien à dire... il ferait mieux de se taire ! »
Évidemment ! Mais c'est trop facile !... C'est trop facile !
Vous voudriez que je fasse comme tous ceux qui n'ont rien à dire et qui le gardent pour eux.
Eh bien, non ! Mesdames et messieurs, moi, lorsque je n'ai rien à dire, je veux qu'on le sache ! Je veux en faire profiter les autres.
Et si, vous-mêmes, mesdames et messieurs, vous n'avez rien à dire, eh bien, on en parle, on en discute !
Je ne suis pas ennemi du colloque.
Mais, me direz-vous, si on parle pour ne rien dire, de quoi allons-nous parler ?
Eh bien, de rien ! De rien !
Car rien... ce n'est pas rien !
La preuve, c'est que l'on peut le soustraire.
Exemple :
Rien moins rien = moins que rien !
Si l'on peut trouver moins que rien, c'est que rien vaut déjà quelque chose.
On peut acheter quelque chose avec rien !
En le multipliant !
Une fois rien... c'est rien !
Deux fois rien... ce n'est pas beaucoup !
Mais trois fois rien !... Pour trois fois rien, on peut déjà acheter quelque chose... et pour pas cher !
Maintenant, si vous multipliez trois fois rien par trois fois rien :
Rien multiplié par rien = rien.
Trois multiplié par trois = neuf.
Cela fait : rien de neuf !
Oui... Ce n'est pas la peine d'en parler !

Bon ! Parlons d'autre chose ! Parlons de la situation, tenez !

Sans préciser laquelle !

Si vous le permettez, je vais faire brièvement l'historique de la situation, quelle qu'elle soit !

Il y a quelques mois, souvenez-vous, la situation pour n'être pas pire que celle d'aujourd'hui, n'en était pas meilleure non plus !

Déjà, nous allions vers la catastrophe et nous le savions... Nous en étions conscients !

Car il ne faudrait pas croire que les responsables d'hier étaient plus ignorants de la situation que ne le sont ceux d'aujourd'hui !

Oui ! La catastrophe, nous le pensions, était pour demain !

C'est-à-dire qu'en fait elle devait être pour aujourd'hui ! Si mes calculs sont justes !

Or, que voyons-nous aujourd'hui ?

Qu'elle est toujours pour demain !

Alors, je vous pose la question, mesdames et messieurs :

Est-ce en remettant toujours au lendemain la catastrophe que nous pourrions faire le jour même que nous l'éviterons ? D'ailleurs, je vous signale entre parenthèses que si le gouvernement n'est pas capable d'assurer la catastrophe, il est possible que l'opposition s'en empare !

Jean-Michel RIBES (né en 1946)

Théâtre sans animaux (2001)

(Actes Sud Papiers)

« J'aime beaucoup les étincelles des courts-circuits, les immeubles qui tombent, les gens qui glissent ou qui s'envolent, bref, les sursauts. Ces petits moments délicieux qui nous disent que le monde n'est pas définitivement prévu. » Ainsi s'exprime Jean-Michel Ribes dans le prologue du recueil de ses neuf fables, aires de repos insolites et cyniques, aux per-

sonnages moqueurs et tendres. Le monde que propose l'auteur est totalement décalé, aux antipodes d'une réalité ennuyeuse, puisque la « normalité » semble être le pire ennemi de l'absurde. Dans cette saynète, une jeune fille sombre dans le vertige d'une perte d'identité. En est-elle réellement responsable ? Et si tout cela n'était qu'un cauchemar ? Une fable sur la communication et ses faux-semblants. Ce théâtre sans animaux est une simple galerie d'humains dans leur triste condition d'êtres maladroits et soumis à cet instrument tranchant : le langage.

> *Un salon. Le Père lit le journal. La Fille traverse la pièce. Sans quitter son journal des yeux, le père l'appelle.*

LE PÈRE : Monique ?
LA FILLE : Oui papa.

> *Le Père baisse son journal et regarde sa fille étrangement.*

LE PÈRE : Je peux savoir pourquoi tu me réponds quand je t'appelle Monique ?
LA FILLE : Pardon ?
LE PÈRE : Tu as parfaitement entendu ma question.
LA FILLE : Je ne l'ai pas comprise, papa.
LE PÈRE : Quand je dis « Monique », pourquoi te retournes-tu vers moi ?
LA FILLE : Tu veux rire, papa ?
LE PÈRE : Oh, pas du tout, ma petite fille, mais alors pas du tout...
LA FILLE, *riant :* Mais parce que je m'appelle Monique.
LE PÈRE : Tu t'appelles Monique ! Toi, ma fille unique, tu t'appelles Monique ? ! !
LA FILLE : Oui papa, depuis dix-huit ans !
LE PÈRE : Depuis dix-huit ans !... Et tu as quel âge ?
LA FILLE : Dix-huit ans justement.
LE PÈRE : Justement ! Justement ! Je ne suis pas comptable, je suis ton père, simplement ton père au cas où tu l'aurais oublié... Et je peux savoir qui t'a appelée Monique ?

LA FILLE : Toi je suppose.
LE PÈRE : Moi!!... Et quand s'il te plaît?
LA FILLE : À ma naissance probablement!
LE PÈRE : Moi, j'aurais appelé mon enfant «Monique», la chair de ma chair, «Monique»! Écoute-moi bien, ma petite fille, je suis loin d'être un homme parfait, j'aime la bière, je suis trop agressif avec les voisins, je mange de la blanquette de veau en cachette et, c'est vrai, je n'ai pas une passion pour le théâtre, mais de là à appeler ma fille Monique! À sa naissance en plus! un tout petit bébé sans défense! Non, ma chérie, non, ton papa n'est pas capable de ça!
LA FILLE : Alors c'est maman?
LE PÈRE : Ta mère?
LA FILLE : Quand ce n'est pas le père, c'est la mère qui donne le prénom, non?
LE PÈRE : Fais très attention à ce que tu vas répondre, ma chérie. Tu affirmes, là devant moi, que ta propre mère t'aurait appelée Monique?
LA FILLE : Mais enfin, papa, qu'est-ce qui te prend?
LE PÈRE : Parfait. On va en avoir le cœur net. (*Il décroche le téléphone et compose nerveusement un numéro.*) Allô? Allô chérie, c'est moi... Je te dérange?... J'en ai pour deux minutes... C'est notre grande fille... Elle vient de m'affirmer qu'elle s'appelle Monique! Oui, tu as bien entendu «Monique»... Moi aussi (*À sa fille.*) Ça l'étonne beaucoup... (*À sa femme.*) D'après elle, tu lui aurais donné ce prénom-là à sa naissance, oui toi! Tu es au courant de cette histoire?... Bien sûr que je te crois... mais elle est butée tu la connais... Je t'en prie vas-y, vas-y. (*Il raccroche.*) Elle a un monde fou dans le magasin...
LA FILLE : Qu'est-ce qu'elle a dit?
LE PÈRE : Elle m'a demandé si je plaisantais.

Groupement de textes stylistique

L'art du discours

LE LANGAGE PEUT S'AMUSER, s'égarer, se divertir… mais il arrive qu'on lui confie une tout autre mission. Parler, c'est aussi agir. Lorsque le langage s'adresse à un être que l'on aime, à un auditoire que l'on désire convaincre, une logique du discours se développe. Argumentatif et stratégique, le discours présente un nouveau relief, devenant un instrument, une arme, une aide, afin d'émouvoir, séduire ou instruire. Homme politique, avocat, journaliste, écrivain engagé, père de famille ou simple amoureux, chacun cherche à bâtir un discours précis, lequel doit faire réagir. Par l'émotion, la réflexion et l'adhésion. Tantôt fleur, tantôt arme, coloré ou grisâtre, le discours prend la forme de la pensée venue délivrer et défendre un message.

Pierre de RONSARD (1524-1585)

« Comme on voit sur la branche » (1574)

Sonnets sur la mort de Marie

Pierre de Ronsard est cofondateur avec Joachim du Bellay de la Pléiade, groupe de sept poètes. Il compose ce poème extrait des Sonnets sur la mort de Marie *à la mémoire de la jeune*

Marie de Clèves, maîtresse du roi Henri III, vraisemblablement sur commande de ce dernier. La femme y est supérieure à la nature, divinité parmi les éléments. Une déesse provisoire, cependant, bel et bien mortelle, puisqu'elle est condamnée, comme la rose, à une beauté passagère. Le poète, quant à lui, se met en scène dans les deux tercets, semblant se hisser au-dessus d'elle, dans une situation d'éternité et d'immortalité, lui délivrant son chagrin et lui déposant quelques offrandes. Et son langage, davantage qu'une offrande, est un témoignage. Le poète devient gardien de sa mémoire et messager d'amour.

Comme on voit sur la branche au mois de Mai la rose
En sa belle jeunesse, en sa première fleur
Rendre le ciel jaloux de sa vive couleur,
Quand l'Aube de ses pleurs au point du jour l'arrose :

La grâce dans sa feuille, et l'amour se repose,
Embaumant les jardins et les arbres d'odeur :
Mais battue ou de pluie, ou d'excessive ardeur,
Languissante elle meurt feuille à feuille déclose :

Ainsi en ta première et jeune nouveauté,
Quand la terre et le ciel honoraient ta beauté,
La Parque t'a tuée, et cendre tu reposes.

Pour obsèques reçois mes larmes et mes pleurs,
Ce vase plein de lait, ce panier plein de fleurs,
Afin que vif, et mort, ton corps ne soit que roses.

Georges Jacques DANTON (1759-1794)

Appel à l'Assemblée législative
(2 septembre 1792)

Moins d'un mois avant la proclamation de la République, Danton, alors ministre de la Justice, s'adresse à la tribune de l'Assemblée législative dans un contexte historique très intense.

La Révolution est à son comble avec les massacres de septembre, tandis que les Prussiens débutent le siège et les bombardements à Verdun. Afin de sauver la nation, il lance un appel à la mobilisation. Comment émouvoir et convaincre son auditoire. Sous la forme d'un discours au langage énergique, au style percutant, n'hésitant pas à impliquer ses destinataires en multipliant les pronoms personnels. Le combat et le courage sont ses mots d'ordre. Avec le temps, ce texte acquiert la force d'un véritable témoignage historique. « Tu montreras ma tête au peuple, elle en vaut bien la peine ! » Voilà les dernières paroles que Danton aurait prononcées, à l'adresse de l'exécuteur, peu avant de se faire guillotiner, le 5 avril 1794.

Il est bien satisfaisant, Messieurs, pour les ministres du peuple libre d'avoir à lui annoncer que la patrie va être sauvée. Tout s'émeut, tout s'ébranle, tout brûle de combattre.

Vous savez que Verdun n'est point encore au pouvoir de vos ennemis. Vous savez que la garnison a promis d'immoler le premier qui proposerait de se rendre. Une partie du peuple va se porter aux frontières ; une autre va creuser des retranchements, et la troisième, avec des piques, défendre l'intérieur de nos villes. Paris va seconder ces grands efforts. Les commissaires de la Commune vont proclamer, d'une manière solennelle, l'invitation aux citoyens de s'armer et de marcher pour la défense de la patrie. C'est en ce moment, Messieurs, que vous pouvez déclarer que la capitale a bien mérité de la France entière ; c'est en ce moment que l'Assemblée nationale va devenir un véritable comité de guerre. Nous demandons que vous concouriez, avec nous, à diriger ce mouvement sublime du peuple, en nommant des commissaires qui nous seconderont dans ces grandes mesures. Nous demandons que quiconque refusera de servir de sa personne, ou de remettre ses armes, soit puni de mort. Nous demandons qu'il soit fait une instruction aux citoyens pour diriger leurs mouvements. Nous demandons qu'il soit envoyé des courriers dans tous les départements pour les avertir des décrets que vous aurez rendus. Le tocsin qu'on va sonner n'est point un signal d'alarme, c'est la charge sur les ennemis de la patrie *(On applaudit)*. Pour les vaincre, Messieurs, il nous faut de l'audace, encore de l'audace, toujours de l'audace et la France est sauvée! *(Les applaudissements recommencent)*.

Charles de GAULLE (1890-1970)
Appel du 18 juin 1940

Arrivé à Londres la veille, le général français obtient du Premier ministre britannique Churchill qu'il s'exprime sur les ondes radiophoniques en réponse au discours du maréchal Pétain, lequel vient de proposer la signature d'un armistice avec l'ennemi. Dans ce discours incitant à l'espoir et au courage, Charles de Gaulle entend poursuivre le combat, grâce à la force de l'appui industriel de ses alliés. Il insiste par des phrases simples, des procédés de répétitions et des images fortes, comme cette flamme, symbole de résistance et d'espoir, au cœur des ténèbres de la Seconde Guerre mondiale. Près de quatre ans plus tard, il sera célébré en héros sur les Champs-Élysées, le lendemain du 25 août 1944, jour de la libération de Paris.

Les chefs qui, depuis de nombreuses années, sont à la tête des armées françaises, ont formé un gouvernement. Ce gouvernement, alléguant la défaite de nos armées, s'est mis en rapport avec l'ennemi pour cesser le combat.
Certes, nous avons été, nous sommes, submergés par la force mécanique, terrestre et aérienne, de l'ennemi. Infiniment plus que leur nombre, ce sont les chars, les avions, la tactique des Allemands qui nous font reculer. Ce sont les chars, les avions, la tactique des Allemands qui ont surpris nos chefs au point de les amener là où ils en sont aujourd'hui.
Mais le dernier mot est-il dit? L'espérance doit-elle disparaître? La défaite est-elle définitive? Non!

Croyez-moi, moi qui vous parle en connaissance de cause et vous dis que rien n'est perdu pour la France. Les mêmes moyens qui nous ont vaincus peuvent faire venir un jour la victoire.

Car la France n'est pas seule ! Elle n'est pas seule ! Elle n'est pas seule ! Elle a un vaste Empire derrière elle. Elle peut faire bloc avec l'Empire britannique qui tient la mer et continue la lutte. Elle peut, comme l'Angleterre, utiliser sans limites l'immense industrie des États-Unis.

Cette guerre n'est pas limitée au territoire malheureux de notre pays. Cette guerre n'est pas tranchée par la bataille de France. Cette guerre est une guerre mondiale. Toutes les fautes, tous les retards, toutes les souffrances, n'empêchent pas qu'il y a, dans l'univers, tous les moyens nécessaires pour écraser un jour nos ennemis. Foudroyés aujourd'hui par la force mécanique, nous pourrons vaincre dans l'avenir par une force mécanique supérieure. Le destin du monde est là.

Moi, Général de Gaulle, actuellement à Londres, j'invite les officiers et les soldats français qui se trouvent en territoire britannique ou qui viendraient à s'y trouver, avec leurs armes ou sans leurs armes, j'invite les ingénieurs et les ouvriers spécialistes des industries d'armement qui se trouvent en territoire britannique ou qui viendraient à s'y trouver, à se mettre en rapport avec moi.

Quoi qu'il arrive, la flamme de la résistance française ne doit pas s'éteindre et ne s'éteindra pas.

Demain, comme aujourd'hui, je parlerai à la Radio de Londres.

Chronologie

Jean Tardieu et son temps

1.

Harmonie et curiosité : la formation

1. *Une jeunesse en éveil*

Saint-Germain-de-Joux, 1er novembre 1903 : naissance de Jean Tardieu, fils de Victor, artiste peintre, et de Caroline, musicienne. Son père, charismatique et sombre, inspirera tout à la fois crainte et respect à l'enfant. Sa mère, charmante et lumineuse musicienne, le conduira à davantage de sérénité. La musique, que l'auteur qualifiera d'« heureux demi-sommeil », sera la nourrice spirituelle d'un enfant sensible et curieux. Jean perçoit de sa chambre des voix d'artistes, parfois célèbres, comme Fauré ou Saint-Saëns. Il les nommera plus tard « voix sans personne », car ces bribes lui parviennent sans qu'il puisse y poser un visage. Ses grands-parents maternels l'accueillent dans leur propriété près de Lyon, à Orliénas. Le jardin incarne selon l'écrivain un « univers complet ». Les Fables que lui lit sa mère de sa « jolie voix claire » y trouvent naturellement un décor de « monde enchanté où tournoyaient ensemble les souvenirs du jour bruissant d'insectes et les animaux symboliques de La Fontaine ». Il compose à sept ans son premier poème, *La Mouche et l'Océan*. Ses talents d'écriture ? Ils prennent forme. Son père évoque dans une lettre de février 1915 les rédactions « délicieuses » de son fils, dont il aime les « petites phrases courtes réduites au plus petit nombre de mots choisis et expressifs ». Jeune lycéen à Condorcet, il s'illustre dans la filière classique (latin, grec, allemand) comme un élève « très intelligent ». Déjà, son humour figure dans sa première comédie livrée à quinze ans, *Le Magister malgré lui*, parodie d'une classe de français au lycée. Allusion directe au *Médecin malgré lui* d'un Molière dont il s'est nourri, grâce à l'édition complète de son théâtre, offerte par son père.

2. *De l'obscurité aux lumineuses fréquentations*

Si l'auteur passe avec succès, en 1919, la première partie de son baccalauréat, les mois suivants sont passionnels, avant que Jean ne chemine vers un hiver douloureux : ses parents, découvrant sa correspondance amoureuse avec une femme mariée contre son gré, imposent la fin de la relation. Cette même année, Jean Tardieu est en proie à une grave crise d'angoisse. Alors qu'il se rase, il voit un *autre* dans le miroir : « Il me semble avoir toujours entendu une certaine voix qui résonnait en moi, mais à une grande distance dans l'espace et dans le temps, elle était étrangère, tantôt bienveillante et rassurante, tantôt sévère et grondeuse, pleine de reproches et même de colère. »

Cette part d'ombre obsédante sera aussi source d'inspiration. S'il entreprend à la Sorbonne des études de droit et de lettres, c'est lors des « Entretiens d'été de Pontigny », rencontres entre les plus grands auteurs du moment, en 1922, que Jean Tardieu se forme réellement : il fréquente ainsi Gide, Valéry, Malraux et bien d'autres qui collaborent à la *Nouvelle Revue française*. La modestie et la curiosité du jeune homme plaisent. Il se lie plus profondément à l'auteur des *Thibault*, Roger Martin du Gard, à qui il déclare en 1932 : « Vous êtes *ma* vraie famille. »

Dès 1923, il s'essaie à divers travaux d'écriture. Il n'est pas réellement satisfait de sa production, critiquant son « esprit brumeux » ou son excès d'imagination. Il se passionne pour la vie artistique et intellectuelle : concerts, films, conférences ou expositions, tout l'intéresse. À l'automne, son voyage en Italie, qui mêle musique, peinture et comédie, agit comme une révélation.

3. *L'être aimé, lettres aimées*

En 1927, trois de ses poèmes sont publiés dans la *Nouvelle Revue française*. Quelques semaines plus tard, sous l'impulsion de son père, déjà présent à Hanoi, il part effectuer son service militaire en Indochine. Mais la vie parisienne lui manque, alors, pour ne pas sombrer dans l'ennui, il traduit de la philosophie allemande et adresse à ses amis de longues lettres. La beauté et la diversité des paysages l'enrichiront.

Il rencontre Marie-Laure Blot, chercheur en biologie, à Hanoi et ils se marient en 1932. Parallèlement, il intègre les Messageries Hachette et rédige des rubriques pour l'hebdomadaire *Toute l'édition*. Il y croise le poète Francis Ponge : une amitié durable naît. En 1933, face à la montée du nazisme en Europe, Jean Tardieu livre son inquiétude dans un article. La politique du IIIe Reich pour ce qui concerne la culture ou la presse l'indigne.

Le 25 février 1936 naît sa fille Alix-Laurence. Le couple s'installe boulevard Arago, dans un pavillon avec jardin. À Hanoi, le 12 juin 1937, s'éteint Victor Tardieu.

1914 Début de la Première Guerre mondiale.
1917 Révolution bolchevique en Russie.
1922 *Les Thibault*, Roger Martin du Gard. Mort de Proust.
1925 Disparition d'Erik Satie.
1931 La crise économique mondiale gagne l'Europe.
1933 Hitler arrive au pouvoir en Allemagne.
1936 Victoire du Front populaire en France. Guerre civile en Espagne.

2.

Vers une vocation multiple

1. *Plume résistante : l'écriture au cœur de la guerre*

Son premier recueil de poèmes, *Accents*, est publié chez Gallimard en 1939. Lors de la déclaration de guerre, Jean Tardieu est mobilisé en région parisienne pour une courte durée, avant la débâcle de mai, qui entraîne son retour à Paris. Il refuse de suivre les Messageries Hachette en zone libre et demeure dans la capitale avec son épouse et sa fille. Son activité poétique est intense puisqu'il écrit dans les *Cahiers de la poésie française*, la revue *Messages* (à laquelle participent également Paul Éluard et Raymond Queneau) et fait paraître une anthologie, *La Jeune Poésie et ses harmoniques*. En 1943, Gallimard publie un recueil inspiré de la vie sous l'Occupation, *Le Témoin invisible*. Sa collaboration à diverses revues poétiques se heurte à la censure qu'il s'efforce de contourner. En juillet, sa participation sous un pseudonyme à *L'Honneur des poètes*, aux Éditions de Minuit clandestines, confirme ses activités résistantes, qu'il poursuivra jusqu'à la fin de la guerre. Ses publications fréquentes favorisent d'illustres rencontres. Il entre ainsi en relation avec Louis Aragon, Albert Camus ou Raymond Queneau qu'il admire pour son talent et son style ludique.

2. *Émissions et missions : de bonnes ondes...*

« Intellectuel résistant », Jean Tardieu participe à des émissions littéraires et devient, en décembre 1944, directeur du nouveau service dramatique à Radio Libre. Avec le poète Jean Lescure et Raymond Queneau, il avait déjà participé à des émissions littéraires. Paru en décembre, *Figures*, recueil de textes consacrés aux peintres et aux musiciens, le rassure sur son écriture qui lui semble nouvelle, plus riche et emplie d'images. En 1945, il poursuit la rédaction de textes et poèmes en prose, développant une réflexion sur le théâtre. Sa première pièce, *Les Dieux inutiles*, paraît l'année suivante, ainsi que *Les Travaux du professeur Frœppel*, manifestation de son goût pour le jeu du langage.

Une ère très favorable s'ouvre, lorsque l'auteur est nommé, en 1946, directeur du Club d'essai, un service radiophonique consacré à toutes les formes de recherche dans le domaine radiophonique. L'indépendance artistique et financière dont bénéficie Jean Tardieu lui ouvre de formidables perspectives créatives. Les émissions accueillent écrivains, philosophes, musiciens contemporains et jeunes talents. Des pièces de théâtre radiophoniques seront même montées sur ce « terrain vague de l'imaginaire », sorte de laboratoire. En 1947, il publie pour les enfants les tables de multiplication versifiées, *Il était une fois, deux fois, trois fois...*

3. *Le comique théâtral : l'autre langage du rire*

Désireux de créer un nouveau langage après le traumatisme de la guerre, Jean Tardieu prolonge cette idée d'expérimentation entamée à la radio : il compose entre 1949 et 1951 des pièces que la critique associera au « théâtre de l'absurde ». La plupart des œuvres de notre sélection datent de cette époque foisonnante. Dans le programme du théâtre du Quartier latin, Tardieu évoque « un théâtre réduit à ses conventions enfantines ». Chaque situation (souvent brève) est poussée à l'extrême, « jusqu'au rêve ou jusqu'au burlesque ». Deux œuvres marquées par le registre comique paraissent également en 1951, *Monsieur Monsieur* et *Un mot pour un autre*.

L'année suivante, *La Première Personne du singulier*, recueil de poèmes en prose au titre évocateur, est une publication unique à double titre : son écriture est proche du roman (rare) et teintée d'éléments autobiographiques (encore plus rare !).

Tandis qu'à la radio se poursuit le Club d'essai, Tardieu conçoit, en 1954, un parcours de l'histoire de la musique, aidé du compositeur Marius Constant. L'année suivante, il acquiert une petite propriété près de Saint-Tropez, futur cadre d'*Une soirée en Provence*. Pour la première fois, il réunit ses pièces avec *Théâtre de chambre.* Les programmations théâtrales se poursuivent et lors d'un Festival de l'art d'avant-garde à Marseille en août 1956, il est conjointement mis à l'honneur avec Eugène Ionesco.

Jean Tardieu se voit chargé, en 1959, de créer la section française d'une association italienne, la COMES, communauté européenne des écrivains, dont la mission consiste à défendre le travail et la dignité de tous les écrivains, notamment ceux victimes de régimes politiques totalitaires, comme en URSS ou en Espagne.

1939 Début de la Seconde Guerre mondiale (septembre).
1942 *Le Silence de la mer*, Vercors.
1943 Création des Mouvements unis de la Résistance. Jean Moulin, président du Conseil national de la Résistance (27 mai).
1944 Libération de Paris (25 août).
1945 Capitulation du IIIe Reich et cessation des combats (8 mai). Découverte des camps d'extermination nazis. Bombardements atomiques de Hiroshima et Nagasaki (6 et 9 août).
1948 Proclamation de l'État d'Israël.
1950 *La Cantatrice chauve*, Ionesco.
1953 *En attendant Godot*, Beckett.
1954 Début de la guerre d'Algérie.
1958 *Mon Oncle*, Tati. *Rhinocéros*, Ionesco.
1959 *Zazie dans le métro*, Queneau.

3.

Vers la reconnaissance

1. *Les grands rassemblements*

Partie parfaire sa formation musicale à Milan, sa fille Alix-Laurence s'y marie en 1963. Dès lors, Jean Tardieu multipliera les séjours en Italie, « patrie de cœur ». Une première anthologie de son œuvre poétique paraît en mars 1968, sous le titre *Le Fleuve caché, Poésies (1938-1961)*, allusion à sa terre natale, et révélateur de sa vision du monde : « L'aspect des choses plonge et se joue entre la présence et l'absence. »

Jean Tardieu améliore l'édition de nombreux recueils de pièces ou poèmes, les enrichissant de nouvelles œuvres. *La Part de l'ombre, Proses (1937-1967)*, deuxième anthologie parue en 1972, insiste sur l'autre Tardieu, qui tient à « reconnaître [...] cette obscurité » qui le caractérise également, lui qui veut dépasser son statut d'auteur « amusant ». Il reçoit la même année le Grand Prix de poésie de l'Académie française.

Parmi les publications de l'auteur, retenons *Obscurité du jour* en 1974, ensemble de proses, de poèmes, de photographies et reproductions. Outre des éléments personnels, il livre des réflexions sur l'art et la création. Les publications et représentations théâtrales se succèdent, parmi lesquelles *Finissez vos phrases, De quoi s'agit-il ?* (1978) ou *L'Épouvantail* (1981). En 1979, il reçoit le Grand Prix du théâtre de la Société des auteurs et compositeurs dramatiques. Lors d'un entretien accordé à la *Quinzaine littéraire* de juin, il déclare percevoir « une certaine affection [...] de la tendresse » de la part des gens. « Pas encore d'admiration, mais c'est mieux. » Il conclut : « Cela me va bien parce que je suis [...] un tendre angoissé. »

2. *Perfectionner le passé, préciser une œuvre*

Margeries (1986) rassemble des poèmes inédits accompagnés de commentaires sur sa vie et son œuvre. Dorénavant, Jean Tardieu, penché sur son passé, observe davantage qu'il ne crée. Il entreprend la réédition de son œuvre théâtrale en édition de poche, souhaitant classer méthodiquement ses pièces. Voici le triptyque définitif : *La Comédie du langage* (1987), *La Comédie de la comédie* (1990) et *La Comédie du drame* (1993). Il revient sur son enfance, les lieux et les activités de son existence dans *On vient chercher Monsieur Jean* (1990), et rassemble les textes concernant peintres et musiciens dans *Le Miroir ébloui* (1993). Dans le magazine *Lire*, en janvier 1993, il fait état de l'écart entre son grand âge et sa curiosité toujours vive : « Le vieux monsieur, qui n'a pas beaucoup changé depuis ses vingt ans, regarde l'écrivain avec une certaine perplexité. » Il avoue « un émerveillement intact face au monde. La vie m'intéresse. J'ai toujours l'impression que je vais enfin trouver le mot, le vers, la phrase autour desquels je tourne depuis mes huit ans ». Jean Tardieu s'éteint le 27 janvier 1995.

1962	Crise des fusées à Cuba ; paroxysme de la Guerre froide.
1968	Mai : Manifestations étudiantes et crise sociale française.
1969	Juillet : premiers hommes sur la lune.
1973	Coup d'État meurtrier au Chili.
1976	Disparition de Max Ernst.

1979	Ruhollah Khomeyni instaure la République islamiste en Iran.
1987	Traité de démantèlement des forces nucléaires.
1989	Chute du mur de Berlin
1991	Effondrement du régime soviétique. Guerre du Golfe contre l'Irak.

Éléments pour une fiche de lecture

Regarder le tableau

- Quels éléments tirés de cette peinture pouvez-vous rapprocher de l'univers du théâtre?
- Décrivez le décor au second plan. Que vous évoque-t-il?
- Les personnages sont-ils réalistes? Comment vous semblent-ils conçus? Pouvez-vous discerner tous les membres de leur corps? Peut-on dire de l'un ou de l'autre qu'il s'agit d'un homme ou d'une femme? Expliquez.
- Quelle illusion donne le personnage situé à gauche, en regard du décor? À quoi pourrait alors correspondre la couleur noire? Quelle peut-être l'humeur du personnage situé à droite? Imaginez la raison de son mouvement de bras.
- Trouvez-vous que l'esprit de cette peinture se rapproche de l'univers de Jean Tardieu? Expliquez.
- À votre tour, choisissez une pièce de Jean Tardieu au hasard et créez une illustration de première de couverture, selon votre inspiration (peinture, dessin, collage, montage...).

La pièce de théâtre

- Relevez les pièces dont le premier dialogue s'adresse au lecteur ou au spectateur, et non pas à un personnage du récit. Pourquoi l'auteur a-t-il, selon vous, eu recours à ce procédé ?
- Relevez, dans *Un geste pour un autre*, trois usages au début de la réception. À votre tour, inventez une manière originale de saluer quelqu'un lors d'une soirée.
- Résumez en une phrase le sujet de chaque pièce.
- Inventez un nouveau titre à chaque pièce.
- Observez le décor de chaque pièce puis classez les différents lieux. L'un d'entre eux domine-t-il les autres ?
- Quelle est, pour vous, la pièce la plus poétique ? Expliquez.

Personnages

- Dans quelles pièces les personnages perdent-ils la raison ? Comment expliquez-vous cette évolution ?
- Observez les patronymes des personnages. Quelle réaction éveillent-ils en vous ? De tels noms ont-ils innocemment été créés par Jean Tardieu ? Quel impact a-t-il souhaité sur le lecteur-spectateur ?
- Dans *De quoi s'agit-il ?* comment comprend-on que le couple de témoins et le Juge n'appartiennent pas à la même catégorie sociale ?
- Tous les personnages rencontrés sont-ils comiques ? Justifiez votre réponse en vous appuyant précisément sur des éléments du texte.
- Quel personnage aimeriez-vous jouer ? Pourquoi ?

Jeux de langage

- *De quoi s'agit-il ?* cache, dans la réplique finale du Juge, deux champs lexicaux en rapport avec deux métiers ou fonctions sociales bien particulières. Retrouvez-les. Que se passe-t-il dans l'esprit de ce personnage, selon vous ?
- Dans *Finissez vos phrases,* choisissez quinze lignes et finissez les phrases.
- Relevez, dans *Le Sacre de la nuit,* deux champs lexicaux qui s'opposent.
- Recherchez, dans *Le Guichet,* le sens de l'adjectif « grand » dans l'avant-dernière didascalie concernant le préposé.
- Quel est, dans *Oswald et Zénaïde,* le type de phrases dominant ? Quel sentiment expriment les protagonistes, selon vous ?

Quiproquo

- Dans *Le Guichet* relevez l'expression « homme souterrain ». Est-elle comprise de la même façon par le préposé et le client ? Quels sont les deux sens de cette expression ?
- Retrouvez un autre double sens, preuve de l'absence de communication entre les deux protagonistes.
- Comparez la longueur des répliques que s'adressent réellement Oswald et Zénaïde et celle des apartés ? Qui possède le privilège exclusif d'accéder au fond de leur pensée ? Que peut-on en conclure sur leur sens de la communication ?

Le comique

- Classez les pièces selon le type de comique auquel elles appartiennent : comique de langage, comique de situation, comique de caractère, comique de geste, quiproquo, comique de répétition.
- Toutes les pièces de ce recueil sont-elles comiques ? Expliquez.
- Parmi les pièces comiques du recueil, quels thèmes sérieux sont parfois abordés ?
- Dans le groupement de textes thématique, expliquez en quoi chaque situation est à la fois tragique et comique.

Écriture

- Choisissez, dans *Un mot pour un autre*, un extrait et transposez-le dans un registre courant ou soutenu, afin de clarifier les propos des personnages.
- À l'inverse, choisissez le dialogue compréhensible et explicite d'une autre pièce, et contaminez-le en veillant à respecter les méfaits de l'épidémie de vocabulaire. Faites preuve d'originalité.
- Récrire, dans *De quoi s'agit-il ?*, les répliques de Monsieur et Madame Poutre page 80 en langage courant. Veillez aux transformations et à la correction de vos phrases.
- Vous marchez sur un chemin de campagne. Soudain, vous apercevez l'Épouvantail. Dialoguez avec lui et redonnez-lui confiance. Veillez aux règles du dialogue, après avoir procédé à une courte introduction narrative.
- Imaginez la suite de *La Mort et le Médecin*. De retour chez Madame et Monsieur, le Docteur, à peine

échappé des griffes de la Dame du métro, vient s'expliquer avec le couple. Créez une discussion dans le style farfelu de la pièce.
- Relisez *Le Sacre de la nuit*. Inventez le dialogue parodique des amoureux, fascinés par le décor urbain qui pourrait les entourer. Faites-les s'extasier sur des éléments qui vous semblent insupportables.
- À votre tour, inventez un court dialogue « absurde » entre deux personnages. Soignez les didascalies en précisant le décor, la description et le nom des personnages.

Réflexion

- « Le monde entier est un théâtre, et tous, hommes et femmes, n'en sont que les acteurs. Et notre vie durant nous jouons plusieurs rôles. » Que pensez-vous de cette réflexion de Shakespeare ?

DANS LA MÊME COLLECTION

Collège

Combats du XXe siècle en poésie (anthologie) (161)
Mère et fille (Correspondances de Mme de Sévigné, George Sand, Sido et Colette) (anthologie) (112)
Poèmes à apprendre par cœur (anthologie) (191)
Les récits de voyage (anthologie) (144)
La Bible (textes choisis) (49)
Fabliaux (textes choisis) (37)
Les Quatre Fils Aymon (textes choisis) (208)
Schéhérazade et Aladin (textes choisis) (192)
La Farce de Maître Pathelin (146)
ALAIN-FOURNIER, *Le grand Meaulnes* (174)
Jean ANOUILH, *Le Bal des voleurs* (113)
Honoré de BALZAC, *L'Élixir de longue vie* (153)
Henri BARBUSSE, *Le Feu* (91)
Joseph BÉDIER, *Le Roman de Tristan et Iseut* (178)
Lewis CARROLL, *Les Aventures d'Alice au pays des merveilles* (162)
Samuel de CHAMPLAIN, *Voyages au Canada* (198)
CHRÉTIEN DE TROYES, *Le Chevalier au Lion* (2)
CHRÉTIEN DE TROYES, *Lancelot ou le Chevalier de la Charrette* (133)
CHRÉTIEN DE TROYES, *Perceval ou Le conte du Graal* (195)
COLETTE, *Dialogues de bêtes* (36)
Joseph CONRAD, *L'Hôte secret* (135)
Pierre CORNEILLE, *Le Cid* (13)
Roland DUBILLARD, *La Leçon de piano et autres diablogues* (160)
Alexandre DUMAS, *La tulipe noire* (213)

DANS LA MÊME COLLECTION

ÉSOPE, Jean de LA FONTAINE, Jean ANOUILH, *50 Fables* (186)

Georges FEYDEAU, *Feu la mère de Madame* (188)

Gustave FLAUBERT, *Trois contes* (6)

Romain GARY, *La Promesse de l'aube* (169)

Jean GIONO, *L'Homme qui plantait des arbres + Écrire la nature* (anthologie) (134)

Nicolas GOGOL, *Le Nez. Le Manteau* (187)

Wilhelm et Jacob GRIMM, *Contes* (textes choisis) (72)

Ernest HEMINGWAY, *Le vieil homme et la mer* (63)

HOMÈRE, *Odyssée* (18)

Victor HUGO, *Claude Gueux* suivi de *La Chute* (15)

Victor HUGO, *Jean Valjean (Un parcours autour des Misérables)* (117)

Thierry JONQUET, *La Vie de ma mère!* (106)

Joseph KESSEL, *Le Lion* (30)

Jean de LA FONTAINE, *Fables* (34)

J. M. G. LE CLÉZIO, *Mondo et autres histoires* (67)

Gaston LEROUX, *Le Mystère de la chambre jaune* (4)

Jack LONDON, *Loup brun* (210)

Guy de MAUPASSANT, *12 contes réalistes* (42)

Guy de MAUPASSANT, *Boule de suif* (103)

MOLIÈRE, *Les Fourberies de Scapin* (3)

MOLIÈRE, *Le Médecin malgré lui* (20)

MOLIÈRE, *Trois courtes pièces* (26)

MOLIÈRE, *L'Avare* (41)

MOLIÈRE, *Les Précieuses ridicules* (163)

MOLIÈRE, *Le Sicilien ou l'Amour peintre* (203)

Alfred de MUSSET, *Fantasio* (182)

George ORWELL, *La Ferme des animaux* (94)

DANS LA MÊME COLLECTION

Amos OZ, *Soudain dans la forêt profonde* (196)
Louis PERGAUD, *La Guerre des boutons* (65)
Charles PERRAULT, *Contes de ma Mère l'Oye* (9)
Edgar Allan POE, *6 nouvelles fantastiques* (164)
Jacques PRÉVERT, *Paroles* (29)
Jules RENARD, *Poil de Carotte* (66)
Antoine de SAINT-EXUPÉRY, *Vol de nuit* (114)
Mary SHELLEY, *Frankenstein ou le Prométhée moderne* (145)
John STEINBECK, *Des souris et des hommes* (47)
Robert Louis STEVENSON, *L'Étrange Cas du docteur Jekyll et de M. Hyde* (53)
Jean TARDIEU, *9 courtes pièces* (156)
Michel TOURNIER, *Vendredi ou La Vie sauvage* (44)
Fred UHLMAN, *L'Ami retrouvé* (50)
Jules VALLÈS, *L'Enfant* (12)
Paul VERLAINE, *Fêtes galantes* (38)
Jules VERNE, *Le Tour du monde en 80 jours* (32)
H. G. WELLS, *La Guerre des mondes* (116)
Oscar WILDE, *Le Fantôme de Canterville* (22)
Richard WRIGHT, *Black Boy* (199)
Marguerite YOURCENAR, *Comment Wang-Fô fut sauvé et autres nouvelles* (100)
Émile ZOLA, *3 nouvelles* (141)

Lycée

Série Classiques
Écrire sur la peinture (anthologie) (68)
Les grands manifestes littéraires (anthologie) (175)

DANS LA MÊME COLLECTION

La poésie baroque (anthologie) (14)
Le sonnet (anthologie) (46)
L'Encyclopédie (textes choisis) (142)
Honoré de BALZAC, *La Peau de chagrin* (11)
Honoré de BALZAC, *La Duchesse de Langeais* (127)
Honoré de BALZAC, *Le roman de Vautrin* (textes choisis dans *La Comédie humaine*) (183)
Honoré de BALZAC, *Le Père Goriot* (204)
René BARJAVEL, *Ravage* (95)
Charles BAUDELAIRE, *Les Fleurs du mal* (17)
BEAUMARCHAIS, *Le Mariage de Figaro* (128)
Aloysius BERTRAND, *Gaspard de la nuit* (207)
André BRETON, *Nadja* (107)
Albert CAMUS, *L'Étranger* (40)
Albert CAMUS, *La Peste* (119)
Albert CAMUS, *La Chute* (125)
Albert CAMUS, *Les Justes* (185)
Louis-Ferdinand CÉLINE, *Voyage au bout de la nuit* (60)
René CHAR, *Feuillets d'Hypnos* (99)
François-René de CHATEAUBRIAND, *Mémoires d'outre-tombe – « livres IX à XII »* (118)
Driss CHRAÏBI, *La Civilisation, ma Mère !...* (165)
Albert COHEN, *Le Livre de ma mère* (45)
Benjamin CONSTANT, *Adolphe* (92)
Pierre CORNEILLE, *Le Menteur* (57)
Pierre CORNEILLE, *Cinna* (197)
Denis DIDEROT, *Paradoxe sur le comédien* (180)
Madame de DURAS, *Ourika* (189)
Marguerite DURAS, *Un barrage contre le Pacifique* (51)

DANS LA MÊME COLLECTION

Marguerite DURAS, *La Douleur* (212)
Paul ÉLUARD, *Capitale de la douleur* (126)
Annie ERNAUX, *La place* (61)
Gustave FLAUBERT, *Madame Bovary* (33)
Gustave FLAUBERT, *Écrire* Madame Bovary *(Lettres, pages manuscrites, extraits)* (157)
André GIDE, *Les Faux-Monnayeurs* (120)
André GIDE, *La Symphonie pastorale* (150)
Victor HUGO, *Hernani* (152)
Victor HUGO, *Mangeront-ils ?* (190)
Victor HUGO, *Pauca meae* (209)
Eugène IONESCO, *Rhinocéros* (73)
Sébastien JAPRISOT, *Un long dimanche de fiançailles* (27)
Charles JULIET, *Lambeaux* (48)
Franz KAFKA, *Lettre au père* (184)
Eugène LABICHE, *L'Affaire de la rue de Lourcine* (98)
Jean de LA BRUYÈRE, *Les Caractères* (24)
Pierre CHODERLOS DE LACLOS, *Les Liaisons dangereuses* (5)
Madame de LAFAYETTE, *La Princesse de Clèves* (39)
Louis MALLE et Patrick MODIANO, *Lacombe Lucien* (147)
André MALRAUX, *La Condition humaine* (108)
MARIVAUX, *L'Île des esclaves* (19)
MARIVAUX, *La Fausse Suivante* (75)
MARIVAUX, *La Dispute* (181)
Guy de MAUPASSANT, *Le Horla* (1)
Guy de MAUPASSANT, *Pierre et Jean* (43)
Herman MELVILLE, *Bartleby le scribe* (201)

DANS LA MÊME COLLECTION

MOLIÈRE, *L'École des femmes* (25)
MOLIÈRE, *Le Tartuffe* (35)
MOLIÈRE, *L'Impromptu de Versailles* (58)
MOLIÈRE, *Amphitryon* (101)
MOLIÈRE, *Le Misanthrope* (205)
Michel de MONTAIGNE, *Des cannibales + La peur de l'autre* (anthologie) (143)
MONTESQUIEU, *Lettres persanes* (56)
MONTESQUIEU, *Essai sur le goût* (194)
Alfred de MUSSET, *Lorenzaccio* (8)
Irène NÉMIROVSKY, *Suite française* (149)
OVIDE, *Les Métamorphoses* (55)
Blaise PASCAL, *Pensées (Liasses II à VIII)* (148)
Pierre PÉJU, *La petite Chartreuse* (76)
Daniel PENNAC, *La fée carabine* (102)
Georges PEREC, *Quel petit vélo à guidon chromé au fond de la cour ?* (215)
Luigi PIRANDELLO, *Six personnages en quête d'auteur* (71)
Francis PONGE, *Le parti pris des choses* (170)
L'abbé PRÉVOST, *Manon Lescaut* (179)
Raymond QUENEAU, *Zazie dans le métro* (62)
Raymond QUENEAU, *Exercices de style* (115)
Pascal QUIGNARD, *Tous les matins du monde* (202)
François RABELAIS, *Gargantua* (21)
Jean RACINE, *Andromaque* (10)
Jean RACINE, *Britannicus* (23)
Jean RACINE, *Phèdre* (151)
Jean RACINE, *Mithridate* (206)
Rainer Maria RILKE, *Lettres à un jeune poète* (59)

DANS LA MÊME COLLECTION

Arthur RIMBAUD, *Illuminations* (195)
Edmond ROSTAND, *Cyrano de Bergerac* (70)
SAINT-SIMON, *Mémoires* (64)
Nathalie SARRAUTE, *Enfance* (28)
William SHAKESPEARE, *Hamlet* (54)
SOPHOCLE, *Antigone* (93)
STENDHAL, *La Chartreuse de Parme* (74)
STENDHAL, *Vanina Vanini et autres nouvelles* (200)
Michel TOURNIER, *Vendredi ou les limbes du Pacifique* (132)
Vincent VAN GOGH, *Lettres à Théo* (52)
VOLTAIRE, *Candide* (7)
VOLTAIRE, *L'Ingénu* (31)
VOLTAIRE, *Micromégas* (69)
Émile ZOLA, *Thérèse Raquin* (16)
Émile ZOLA, *L'Assommoir* (140)

Série Philosophie

Notions d'esthétique (anthologie) (110)
Notions d'éthique (anthologie) (171)
ALAIN, *44 Propos sur le bonheur* (105)
Hannah ARENDT, *La Crise de l'éducation*, extrait de *La Crise de la culture* (89)
ARISTOTE, *Invitation à la philosophie (Protreptique)* (85)
Saint AUGUSTIN, *La création du monde et le temps* – « Livre XI, extrait des *Confessions* » (88)
Walter BENJAMIN, *L'œuvre d'art à l'époque de sa reproductibilité technique* (123)
Émile BENVENISTE, *La communication*, extrait de *Problèmes de linguistique générale* (158)

DANS LA MÊME COLLECTION

Albert CAMUS, *Réflexions sur la guillotine* (136)

René DESCARTES, *Méditations métaphysiques* – «1, 2 et 3» (77)

René DESCARTES, *Des passions en général*, extrait des *Passions de l'âme* (129)

René DESCARTES, *Discours de la méthode* (155)

Denis DIDEROT, *Le Rêve de d'Alembert* (139)

Émile DURKHEIM, *Les règles de la méthode sociologique* – «Préfaces, chapitres 1, 2 et 5» (154)

ÉPICTÈTE, *Manuel* (173)

Michel FOUCAULT, *Droit de mort et pouvoir sur la vie*, extrait de *La Volonté de savoir* (79)

Sigmund FREUD, *Sur le rêve* (90)

Thomas HOBBES, *Léviathan* – «Chapitres 13 à 17» (111)

David HUME, *Dialogues sur la religion naturelle* (172)

François JACOB, *Le programme* et *La structure visible*, extraits de *La logique du vivant* (176)

Emmanuel KANT, *Des principes de la raison pure pratique*, extrait de *Critique de la raison pratique* (87)

Emmanuel KANT, *Idée d'une histoire universelle au point de vue cosmopolitique* (166)

Étienne de LA BOÉTIE, *Discours de la servitude volontaire* (137)

G. W. LEIBNIZ, *Préface* aux *Nouveaux Essais sur l'entendement humain* (130)

Claude LÉVI-STRAUSS, *Race et histoire* (104)

Nicolas MACHIAVEL, *Le Prince* (138)

Nicolas MALEBRANCHE, *La Recherche de la vérité* – «De l'imagination, 2 et 3» (81)

DANS LA MÊME COLLECTION

MARC AURÈLE, *Pensées* – « Livres II à IV » (121)

Karl MARX, *Feuerbach. Conception matérialiste contre conception idéaliste* (167)

Maurice MERLEAU-PONTY, *L'Œil et l'Esprit* (84)

Maurice MERLEAU-PONTY, *Le cinéma et la nouvelle psychologie* (177)

John Stuart MILL, *De la liberté de pensée et de discussion*, extrait de *De la liberté* (122)

Friedrich NIETZSCHE, *La « faute », la « mauvaise conscience » et ce qui leur ressemble (Deuxième dissertation)*, extrait de *La Généalogie de la morale* (86)

Friedrich NIETZSCHE, *Vérité et mensonge au sens extramoral* (168)

Blaise PASCAL, *Trois discours sur la condition des Grands et six liasses extraites des Pensées* (83)

PLATON, *La République* – « Livres 6 et 7 » (78)

PLATON, *Le Banquet* (109)

PLATON, *Apologie de Socrate* (124)

PLATON, *Gorgias* (159)

Jean-Jacques ROUSSEAU, *Discours sur l'origine et les fondements de l'inégalité parmi les hommes* (82)

Baruch SPINOZA, *Lettres sur le mal* – « Correspondance avec Blyenbergh » (80)

Alexis de TOCQUEVILLE, *De la démocratie en Amérique I* – « Introduction, chapitres 6 et 7 de la deuxième partie » (97)

Simone WEIL, *Les Besoins de l'âme*, extrait de *L'Enracinement* (96)

Ludwig WITTGENSTEIN, *Conférence sur l'éthique* (131)

Pour plus d'informations,
consultez le catalogue à l'adresse suivante :
http://www.gallimard.fr

*Composition Bussière
Impression Novoprint
à Barcelone, le 5 juillet 2012
Dépôt légal : juillet 2012
1er dépôt légal : 1er janvier 2009*

ISBN 978-2-07-037732-9/Imprimé en Espagne